# 小时代中的理想主义

许纪霖 著

SPM
南方出版传媒
广东人民出版社
·广州·

图书在版编目（CIP）数据

小时代中的理想主义 / 许纪霖著. —广州：广东人民出版社，2017.10
ISBN 978-7-218-11855-0

Ⅰ.①小… Ⅱ.①许… Ⅲ.①随笔—作品集—中国—当代 Ⅳ.①I267.1

中国版本图书馆CIP数据核字（2017）第134767号

Xiao Shidai Zhong De Lixiang Zhuyi
## 小时代中的理想主义
许纪霖　著　　版权所有 翻印必究
出 版 人：肖风华

责任编辑：古海阳
装帧设计：张绮华
排　　版：广州市友间文化传播有限公司
责任技编：周　杰　易志华
出版发行：广东人民出版社
地　　址：广州市大沙头四马路10号（邮政编码：510102）
电　　话：（020）83798714（总编室）
传　　真：（020）83780199
网　　址：http://www.gdpph.com
印　　刷：恒美印务（广州）有限公司
开　　本：889毫米×1194毫米　1/32
印　　张：8.5　插　页：2　字　数：160千
版　　次：2017年10月第1版　2017年10月第1次印刷
定　　价：49.00元

如发现印装质量问题，影响阅读，请与出版社（020-83795749）联系调换。
售书热线：（020）83795240

— 自序 —

我最近在许多城市演讲，谈得最多的一个话题，是"知识分子的家国天下情怀"。本书的几个主题，正是与"书生""家国""天下""情怀"相关。网络上流行一个词，叫做"情怀党"。人不是动物，活着不仅为了肉体的生存，他还是一个精神的存在，有自己的心灵关怀。关怀有大有小，小到身边的"家"，大至"国家""天下"。而知识分子的关怀，按照孔夫子的说法，"士志于道"，这个"道"，乃是伦理之人道，亦是宇宙之天道，人道天道，乃是相通的。作为知识分子，一则要通过知性了解"道"，二则要以自己的身心实践"道"。所谓"志于道"，正是一个读书人应有的家国天下情怀。

上个世纪八十年代的中国知识分子，都是有情怀的，而且情怀很大，没有家国天下情怀的，不能算知识分子。情怀没有了，知识分子也死亡了。去年在上海有一个学术会议，最后一天的圆桌讨论中，来自海峡两岸的老一代学者，都兴致勃勃地大谈中国文化复兴、中西文化会通的宏大话题，年轻一代学人看着老师辈默不做声，心里在暗暗发笑："你们这些八十年代的遗老遗少！"作为会议主持人，我让年轻人说说心里话。他们坦白说，那些大话题，大而无当，说了也白说；如今是一个小时代，小时代就要做小题目，如胡适所言：少谈些主义，多研究些问题。

如今，家国天下成为日益稀缺的情怀。常常有读者问我："为什么许老师从古到今、从中到西，你都有兴趣？"其实，家国天下，在中国的文化传统之中，本来就是一个无法割裂的连续体。东林书院门口的那副对联"风声雨声读书声，声声入耳；家事国事天下事，事事关心"，颇能代表中国知识分子的精神传统。即使不谈情怀，哪怕是做学问，你对一个问题要有深入的研究，不仅取决于对这个问题本身的观察，而且还要对问题的背景，包括知识背景和历史背景有很好的理解。如今很多的研究，只见树木，不见森林，甚至连树木都看不到，只是几片树叶而已，这类碎片化的研究，已经成为学界的主流。在我看来，要了解一片树叶，必须观察整棵大树；要明白一棵树，又需要知晓那片森林。只有获得了更大背景中的位置感，你才能领悟你所研究的对象的意义所在。同样的道理，对人物的研究，离不开具体的地域（家）环境；对地域的考察，须放在国的视野中比较；而中国的风云变幻，又与世界潮流的涌动密切相关。由身而家及国至天下，人与世界是一个有机的连续体。

以赛亚·伯林说：有两种学者，一种是刺猬，另一种是狐狸。刺猬有一知，狐狸有多知。刺猬型学者热衷于建立体系，建构的是一个严密完整的知识体系。而狐狸型学者，胃口很好，食谱广泛，对什么都有点兴趣，呈现的是一种"散状的智慧"。健谈的伯林是这样的狐狸型学者，我最尊敬的王元化先生也是学贯中西、融会古今，富有"散状的智慧"的大家。就学问和境界而言，我虽不及伯林和元化先生万分之一，但更靠近狐狸的气质。这本小书，是我近五年来撰写的"狐狸的智慧"的小文，之前在多家媒体散漫刊出。承蒙向继东先生热情邀约，结集出版，在此感谢。

作者谨识
二〇一七年春于之江校园

# 目次

### 史 记

002　中国：不断变化的复杂共同体

010　君主独裁，始于秦汉还是元明？

024　革命是如何复活的

029　光华大学：一段被遗忘的激情与辉煌

040　他是真正将中国历史读懂、读通、读透之人

### 书 生

056　沈从文的泪

062　你懂得什么叫革命？

075　郭小川：内心寂寞的激情诗人

083　从边缘走向中心的黄埔军校知识分子

091　生活不在于做了什么，而是不做什么也很充实

## 怀 人

106 第一代知识人的梦想

109 中国的"口述史之父"

113 上海学术界的"猛牛"

118 那个美丽与知性的女性远去了

## 家 国

126 以北京为"他者"的近代上海

140 春节断想:"我们"在哪儿?

146 儒家孤魂,肉身何在?

160 现代人:永无希望的救赎

## 天 下

168　读懂了基辛格，就读懂了世界

180　为什么我不是查理？

187　安东：活着的古代世界

193　安·兰德和她的"粉丝"们

## 情 怀

212　小时代中的理想主义

231　从八十年代寻找青春精神

238　二十世纪末的《读书》与读书人

242　青年教师体制化生存刍议

248　回归学术共同体的内在价值尺度

史记

## 中国：不断变化的复杂共同体

对于史学家来说，专史易写，通史难作。贯通上下几千年的通史，没有几十年工夫的积累，没有打通古今中西的大视野、大思路，一般的史学大家都不愿尝试。我心目中好的中国通史，钱穆的《国史大纲》、吕思勉的《白话本通史》、内藤湖南的《中国史通论》，都是有一家之见又通俗易懂的经典。而广西师范大学出版社出版的许倬云《说中国》，也可列入其间。

许先生原先以研究西周史、汉代史著称，近二十年来越来越注重中国的大历史，所著的系列作品，皆以视野宏大、贯通中西为特色，有一种在IMAX影院看电影的感觉。他说自己是以一种系统论的方法观看中国历史。而所谓的许氏系统论，并非二十世纪八十年代流行过的科学的系统论，毋宁说是一种人文的系统研究——不是注重数据、模型、变量分析，而是从天文、气象、地理、物质、制度、社会、阶级、宗族、思想、宗教、风俗等角度，三百六十度全景式地鸟瞰古代中国，各个元素之间亦非孤立，而成其为一个相互镶嵌、彼此渗透的分析网络。这种"全息摄影"非史学大家无法驾驭，不敢问津。一般学者只能从一个或几个领域窥探历史，但许先生以炉火纯青之技艺穿越其间，驾轻就熟，令人叹为观止。

先说气候、地理、瘟疫对历史的影响。许先生指出，魏晋南北朝期间，大批胡人南下，与亚洲北方出现冰川期有关，大草原的游牧民族无法生存，只能纷纷南侵，渗入中国，最终与中原的农耕民族在血统和文化上融合。隋唐伊始，北方气候回暖，于是草原上出现了强大的突厥，成为继匈奴之后最庞大的草原强敌，令大唐帝国头痛不已。许先生也注意到日本、朝鲜、越南这些周边邻国虽为儒家文化圈，却未列入王朝直接控制的版图，原因乃是与地理环境有关：最初与它们的交往，无法通过陆路，只能通过海路，而这正是农耕民族之短处。成吉思汗及其子孙们造就了一个横跨欧亚的蒙古大帝国，许先生认为，蒙古扩张的时代，正是欧洲发生黑死病的时候，欧洲人口减少了三分之一，无力对抗强敌，故给蒙古铁骑驰骋欧亚大陆的大好时机。

器物也是决定成败的重要因素。许先生在书中多处分析了冷兵器时代马的重要性,指出谁拥有了骑兵,谁就占据了战场的主动。大宋王朝之所以难以与比自己的国力弱得多的辽、金、西夏匹敌,乃是无论中原还是南方,皆没有大草原,缺乏滋养骏马铁骑的沃土。

说到中国,这几年史学家最热门的话题乃是"何为中国"。古代历史中的"中国"意味着什么?何为中华民族?中华民族等同于华夏—汉民族吗?以许先生热烈而深刻的家国天下情怀,他写这本书的最强烈动机,乃是试图回答"中国是什么,我们究竟是谁"这一核心问题。他超越了欧洲人习惯的"帝国—民族国家"二分法思路,没有在"中国究竟是一个帝国还是民族国家"里面兜圈子。在他看来,中国就是"一个不断变化的复杂共同体",从时间维度来说五千年历史并非一成不变,从空间维度来说则是"汉的中国"与"胡的中国"的互动与交融。

今天的中国,是一个有着明确的主权、疆域和人口的民族国家。古代中国虽然是一个国家,却不是近代的民族国家,而是王朝国家。历史上的王朝经常更替,但始终存在着一个超越了具体王朝的政治—文明共同体,其不仅具有制度典章的政治连续性,更具有宗教语言礼乐风俗的文明一贯性,这一以中原为中心的政治—文明共同体就叫做"中国"。

但这个"中国",在具体的年代里面,总是由某个正统的王朝所代表。不同的国家或王朝都想问鼎中原，争夺这个能够代表"中国"的正统。正统之所以重要，乃是与天下有关。欧洲乃是列国体制，一个上帝，多个国家；但中国是天下大一统，中国人所理解的世界只有一个天下，而能够代表天下的，只有一个"奉天承运"的正统王朝。一个天下，多个王朝，因此，无论是魏晋六朝，还是五代十国，不同的王朝都要争夺天下之正统。

在现有中国版图之内的古代历史之中，在大部分时期不是只有一个王朝国家，而是有多个王朝政权。魏晋六朝和五代十国时期且不论，即使在大一统的中原王朝时期，在汉朝的北方有匈奴、鲜卑政权，与两宋王朝并存的，有辽、西夏、金、元。我们所熟悉的二十四史，是单线的、一元的正统王朝故事。但在今日的中国疆域之内，历史上各个时期除了正统王朝，还有众多并存的王朝，他们同样是中国历史的一部分，只是常常被忽略、被遮蔽。

历史上的中国，具有双重的内涵：从时间的延续性而言，中国是以中原为中心的政治—文明共同体，但从地域空间的角度说，中国又是一个多民族、多王朝、多个国家政权并存的空间复合体。在中国这个广袤的地理空间之中，始终存在着多民族、多地域、多种制度的王朝与政权。他们之间争夺的不仅是土地、人口和资源，更重要的是"中国"这个正统，谁占据了中原，谁就拥有中央王朝的地位，获得历史上的正统。

古代中国是一个复线的中国。既有以中原为中心的汉族文明的中国，也有草原、森林和高原少数民族的中国。他们共同构成了古代中国的历史。一部上下五千年的中国历史，就是一部中原与边疆、农耕民族与游牧民族互动的历史。其中有以夏变夷，也有以夷变夏。最后夷夏合流，到了晚清之后转型为近代的民族国家，并开始凝聚为中华民族的国族整体。

从秦汉到元清，有两种不同类型的大一统王朝，一种类型是以汉人为中心的中原王朝，如秦汉唐明，另一种是边疆民族所建立的征服性王朝，如辽金元清。虽然都是大一统，但汉族做皇帝的中原王朝的合法性背后有天下，以中原文明为中心，吸引四方内聚，形成华夏中心主义。而边疆民族当君主的征服性王朝虽然部分地为中原文明所同化，但其正统性更多的不是来自代表天下，而是开拓疆土、威震四方的强盛国力。这两种类型的国家认同，都以王朝认同为表象，但其区别非常微妙。中原王朝以文明而自大，征服性王朝以国力强盛而自傲。自秦汉、盛唐到元朝、大清，"天下中国"逐渐演变为"大一统中国"。

为什么汉唐盛世可望而不可即的帝国梦想，到了清朝异族政权那里反而得以实现？这首先要从农业民族与游牧民族的不同性质谈起。葛剑雄教授曾经指出：中国历史上农业民族的政权，其稳定的疆域一般不超过当时的农牧业分界线。农业民族不具有统一中国的条件，相反牧业民族却能做到这一点。中国农业区的统一是由汉族完成的，但历史上农业区和牧业区的统一都是由牧业民族完成的，牧业民族的三次南下为中国的统一作出了巨大的贡献。第一次南下是东汉后期到唐朝初年，第二次南下从唐朝中后期到蒙古建立元帝国为止，第三次则是满族南下建立清朝，最终完成了统一中国的伟业。

这两年，因为论证"新天下主义"的缘故，我对"何为中国"、古代中国是一个"汉的中国"与"胡的中国"互动交融的复线中国产生了上述的认识。读了《说中国》，我很欣喜地发现，我的一得之见得到了许先生有力的支持与背书。

正如他之前写的《万古江河》《我者与他者》两书一样，许先生跳出中原中心论的大汉族主义偏见，以大量丰富的例子和概括来论证古代中国的双重性，"汉的中国"之外，还有"胡的中国"，最终汇聚为中华民族的光荣与辉煌。

盛唐便是"汉的中国"与"胡的中国"交融的结果。许先生对此有很高的评价："整个唐代，在北方、西方都没有长城，也没有边塞，那是一个开放的领土。任何族群愿意归属，其领袖都可以取得中国的官称，被列入大唐天下之内。这是一个开放的天下秩序，有极大的包容性，也有极大的弹性。"他如此比较汉代与唐朝：汉代是从上而下坚实的结构，而唐朝的机制大开大合，来者不拒，向西方延伸。汉代厚实，唐代宏大，印度的数学和医学、中亚的天文学都纳入了中国文化的系统，唐代文化的接受和消化能力，当数历史最强。相比之下，许先生对大明王朝的评价则低得多："明代固然恢复了中国人自己的统治，却丧失了天下国家的包容气度，也没有消除征服王朝留下的专制统治。"从明太祖时代开始，就有内廷特设的刺探单位，侦查文武百官的言论与行为，锦衣卫权力之大，汉唐未有。除了锦衣卫，后来又添设东厂、西厂，代表皇帝监督臣僚和百姓。朱元璋憎恨百官贪渎，若有贪污者，处以极刑，剥皮之后，充以稻草成人形，置于官座之侧，杀鸡儆猴。这使得百官群僚整日惴惴不安，每当上朝，就与家人恋恋惜别，唯恐一去不复返。从汉唐到两宋，以士大夫为核心的外朝尚能平衡皇帝为中心的内朝，故有"士大夫与王权共治天下"一说；元明之后，内廷之威，令士大夫噤若寒蝉，政府完全无法制衡王权，甚至宰相一职都被废除，整个外朝沦为皇帝的附庸。

《说中国》一书多有出彩之处。关于一神教传统与中国的问题，我竟然也在书中获得意外之喜。一神教发源于近东，亚伯拉罕的后裔先后发展出犹太教、基督教和伊斯兰教，他们拥有共同的先知，都相信世界上只有一个神，这个神主宰宇宙自然、世间万物与每个人的生死苦乐。他们都相信末世，相信善恶是非、黑白分明，当末世来临之际，一切都将在神面前得到无情的审判。中国传统的宗教并非一神教的，乃是多神教，儒道佛三教混杂，百姓对各路菩萨、神仙、圣人皆一视同仁，走过路过不错过，都要拜一拜。然而，许先生指出，到了魏晋隋唐，中亚和内亚的各种一神教如祆教、摩尼教、景教等都随着胡人的足迹进入中国，但是它们并没有为士大夫精英所接受，却沉淀在民间，为民间信仰所吸收，演化为中国的启示性宗教。宋代方腊的"吃菜事魔"教派、元明两代的白莲教、晚清的拜上帝会等等，都吸收了一神教的观念和仪式。中国的老百姓平时都是多神教信徒，到了揭竿而起之时，皆拜倒于一神教之下，膜拜于一个至高无上的真神与权威，足见中国的一神教并非到了二十世纪革命之后才出现的现象，其实在古代中国的民间信仰之中就有渊源可循。

近一二十年，我个人与许先生多有来往，他的学术和人格，都是一流的。这本书，与其说是他的"说中国"，不如说是他的"中国说"，是一位八十五岁的史学大家集大半生之智慧的经典之作。有一年，我邀请许先生到华东师范大学演讲，在闲聊的时候，我对他讲，自己经常读钱穆的《国史大纲》，每次阅读都有新的收获。许先生点点头，说了一句："钱先生的《国史大纲》里面，还有十几个没有写过的博士论文题目，只是一般人注意不到而已。"

君不见，《说中国》这本薄薄的小书，不也同样暗藏着好几个值得展开、深入发掘的博士论文好题目吗？

## 君主独裁，始于秦汉还是元明？

一三六八年，明太祖登基，建立大明王朝。洪武二年（一三六九年），朱元璋命人着手编撰《祖训录》，历时六年书成，后来又两次修订，最后定名为《皇明祖训》。底层出身的明太祖生平最重视的莫过于此书，这是他为"朱家人"子孙后代定下的规矩，是比《大明律》更高的家法国规，为的是大明江山千秋万代永不变色。

由朱元璋创建的明朝历经十二世、十六位皇帝，共二百七十六年，最终还是亡了，亡在了流寇李自成和满族铁骑之下。要论君主的气魄与能力，明太祖与他的四子明成祖（永乐帝）在历史上皆一等之枭雄。数风流之人物，为何太祖定下了规矩，但之后的皇帝都守不住祖训，最后为宦官所操弄，落了个亡君亡国？权力集中在朝廷，王权专断、君临天下，真的能成大事吗？

都说传统中国的政治遗产是秦皇开创的君主专制，时人喜谈"周秦之变"，从西周的贵族封建制转向秦汉以王权为核心的郡县制，秦汉体制，历两千年而未变。这些说法，笼而统之，忽视了秦汉之后的中国政治，其实分前后两段，前一段是汉唐宋的君主与士大夫共治天下格局，后一段是元明清的君主独裁专制。从封建到郡县的"周秦之变"固然不错，但更值得留意的是从共治到独裁的"宋元之变"。有一句流传很广的话叫"崖山之后无中国"，说的是异族入侵、蛮夷当道之后，中原文化衰落消亡。文化亡了没亡，这是可争议之题，但汉唐两宋施行的君主与士大夫共治天下的格局，崖山之后，再无续曲。

中国的君主独裁专制，究竟始于何朝？日本的京都学派二代传人宫崎市定将君主专制与君主独裁作了区分。在他看来，君主独裁是一种法律化的建制，大小决策虽然由行政官僚拟案，但最后皆由君主一人乾纲独断，这是自宋代以后形成的制度。而在秦汉隋唐，虽然有像秦皇汉武这样的刚愎人主，但他们只是凭个人的意志与能力独断专行，远未形成制度，只是以人为转移的君主专制。枭雄一死，后主羸弱，遂回到汉唐的常规制度：君主与士大夫共治天下。

所谓共治，乃是分内朝外朝。宰相原为君主之私臣，皇帝之家事与天下之国事都得由宰相这一大管家来打理。汉武帝之后，国事与家事、公与私得以区分，宰相率领儒家士大夫执掌外朝，独立于王室，有其自尊的地位，文人政府由此出现。内朝由皇帝的宗室、外戚组成。君主身为一朝之主，自然一言九鼎，但实际的行政权力由士大夫的文人政府施行。钱穆说："皇帝是国家的唯一领袖，而实际政权则不在皇室而在政府，皇权与相权之划分，通常是中国政治史上的大题目。"这有点像现代企业的管理，皇帝是董事长，有用人之权，宰相是总经理，执掌日常事务。

君主与士大夫共治天下，到了唐代更为系统。唐代的相权虽然一分为三，分为中书（决策）、门下（复核）和尚书（执行）三省，但士大夫的权力较之两汉有升无降。中书省负责为皇帝拟诏书，君主只需同意画敕而已。然后，皇帝的敕令还要送给门下省的文官复核审查，合乎法律与规矩之后，再送到尚书省执行。唐朝士大夫权力嚣张，王权谦卑，不是没有缘由的。中世之际，各路世家大族尚存，士大夫的背后有门阀支撑，皇帝不过是贵族的共主而已，此消彼长，王权在相权面前，不得不恭敬有加，不敢独断。

君主与王权共治天下的格局，到了宋代，发生了微妙的变化。五代十国大乱之后，门阀贵族渐亡，科举出身的士大夫来自乡间布衣，要看王权的脸色，君重相轻，宋朝国策的最后决定权不再在宰相手里，而落到了皇帝的手上。不过，为了防止唐末的藩镇割据重现，从宋太祖的"杯酒释兵权"开始，两宋就有重文轻武的传统，宋太祖立下了"不杀大臣和言官"的规矩，士大夫的权力与尊严仍然受到君主的尊重。传说北宋名臣包拯在担任谏官任内，屡屡犯颜直谏，唾沫星子飞溅到仁宗脸上，仁宗一面用衣袖擦脸，一面欣然接纳良言，竟然没有怪罪这个铁面无私的包公。两宋的历朝皇帝很少有昏君，大都开明大度，而宋代的士大夫以理学为立身之本，有以天下为己任的普遍意识，大多为人正直，敢于担当。无论是君主，还是宰相大臣，皆以法为度，不敢僭越。

太祖当政的时候，宰相赵普欲提拔某臣僚，太祖不喜此人，拟不批准，赵普不高兴了，批评太祖："赏罚分明是古今往来的规矩，岂能以陛下的个人好恶来定夺？"太祖气急，径自走开，赵普追上去，不罢不休，太祖自知理亏，拗不过宰相，只能悻悻然批准了。两宋在制度上比较起汉唐虽然君重相轻，但宋代的君像一个君，臣像一个臣，君臣相处，都比较方正，故可以保持和谐的平衡。

中原文明来自农耕民族，自春秋战国年代便出现了轴心文明的突破，文化成为立国之本，文化人有其高于军功贵族的特殊地位。君主为天子，秉承天命统治天下，但这只是一重权威，天命还有另一重权威，那就是士大夫掌握了何为天命的解释权。王权的统治，是否合法，是否顺乎天合乎民意，要看士大夫的舆论转移。君主与士大夫各各秉承天命的双重权威，是共治天下的文化基础。另一方面，治理天下是一门专门的技艺，需要博雅的知识，以宗室、外戚、宦官组成的内朝如何承担得了，同样要有理性化的文官来实现。

君主与士大夫共治天下的格局，到了崖山一役之后终于被打破了！来自大草原的成吉思汗后代骁勇有之，文明不足。他们马上得天下，也以暴力治天下。中原的华夏汉民族早在西周就产生了民本的思想，"天视自我民视，天听自我民听""天子作民父母以为天下王"，到了孔孟，发展为一套完整的执政为民的儒家王道。民意代表天意，而士大夫又代表了民意，所以为政者不得不尊重士大夫。但是，元朝统治者来自狩猎民族，他们将打下的江山连同民众统统视为狩猎品。宫崎市定说："蒙古人最初过着游牧生活，似乎不能拥有足够的兽群，而以狩猎为生。因此即便通过征服建立了庞大帝国，政治上仍是狩猎者的理论，即征服的土地与人民不过是狩猎而得的战利品。换言之，土地、人民是征服者的私有物。所以问题就是如何运营对所有者最有利，被征服者等同于物件，没有任何发言权。"没有了民本的观念，当然更谈不上尊重士大夫了。元代在政治上实行严格的族群等级制度，蒙古人、西域的色目人是可靠放心的统治阶级，而汉人（黄河流域）与南人（长江流域以南）不得为正官，更不用说当宰相大臣了。元代的皇帝就是草原上说一不二的大可汗，是丛林世界的狮子王,卧榻之旁,决不容他人酣睡,哪里还有士大夫与大可汗共治天下之空间?

这就是中国历史上的"宋元之变"。自此之后,君主与士大夫共治天下的开明格局不再回归,代之以绝对的君主独裁。汉唐两宋的君主专制是君主个人强力意志的偶然现象,在制度上毕竟还是要与士大夫共治天下,内朝之外,还有宰相率领的文武百官,具体打理天下事务。然而,元代之后,一切都改变了。

真正奠定君主独裁制度的,不是短命的元代,而是继之而起的明朝。明朝虽然回到了汉人当皇帝的时代,但是朱元璋及其子孙们却深深地中了游牧民族的大可汗独裁之毒。朱元璋军事北伐成功了,灵魂却被成吉思汗南伐了。这位来自社会底层的平民皇帝,没有读过多少儒家经典,倒是在蒙古人的统治下,耳濡目染,学会了许多残暴地对待读书人、折磨士大夫的君王之术。他像成吉思汗和忽必烈一样,将天下的土地与人民都视为自己的私产,想尽一切办法传给自己的子孙。以儒家为核心的中原文化有天下意识,而无江山意识。天下,本来是天下人之天下也,非一家一姓之皇族所独有;自元明之后,对于君主来说,只有朝廷之小江山,再无"天下人之天下"意识,即使有的话,也蜕变为家天下、皇天下、朱家人之小天下。

还是那位宫崎市定,提出过一个重要的"元明连续性"

观点。不错，明朝在文化上光复汉唐两宋，但在政治上却是前朝传统的继承人，将一套来自草原的君主独裁习俗发扬光大，而且彻底地制度化了。这就是文章开头提到的朱元璋煞费苦心、几易其稿定下的《皇明祖训》——朱氏王朝的最高指示，家法国法，合为一体，是为规矩。

为了让朱家江山千秋万代永不变色，朱元璋告诫子孙，要将国家的权力牢牢地捏在君主一人的手中。对君主独裁的最大威胁，能够分享和篡夺君主权力的，一是来自士大夫的相权，二是养在君主身边的阉党宦官。他们既是君主权力的延伸，同时又时刻威胁着君主权力本身。因此朱元璋定下了两条违者斩首的严厉规矩，第一条是永不置相："以后嗣君，其毋得议置丞相。臣下有奏请设立者，论以极刑！"第二条是宦官不得干政："内臣不得干预政事，预者斩！"

废除宰相是中国政治历史上惊天动地的大事变，士大夫能够与君主共治天下，制度上靠的就是执行总经理职责的相权。朱元璋忌讳明初丞相胡惟庸权重势大，骄纵跋扈，遂杀了胡惟庸，并决定永不置相，吏、户、兵、刑、工、礼六部尚书直接向皇帝报告，对君主负责。士大夫文官组成的外朝，从此再也没有了与君主相对的宰相，皇帝既是国家领袖，又是政府首脑，集权威与权力、董事长与总经理于一身。当然，皇帝一个人毕竟忙不过来，需要自己的秘书班子，从永乐帝开始设立了由大学士组成的内阁，内阁中有首辅。但这个首辅已经不是六部的行政首脑，只能算作总统府秘书长，虽然首辅能够代表皇帝领导六部。

从汉唐到宋明，士大夫与君权的关系，一直呈一条下降的通道，只要从君臣之礼就可以看得明白。汉代的丞相见君主，皇上必须起身相迎；唐代的三省长官去见君主，皇上还能赐坐赏茶，坐而论道；宋代的宰相去见君主，只能毕恭毕敬立奏；到了明朝，文武百官包括首辅觐见皇上，就要行三跪九拜之礼了。士大夫在王权面前的尊严，如同秋风横扫之下的落叶，凄然飘落，荡然无存。

岂止尊严，身为一介书生、朝廷命官，连自己的性命都捏在皇帝的手上，生死未卜。宋太祖曾经定下"不杀大臣"的祖训，故宋代的士大夫比较有安全感，活得体面、有尊严。到了明朝，流民出身的朱元璋延续元代的蛮夷作风，视读书人为奴才和家畜。稍不满意，便动辄廷杖，在大庭广众之下，剥掉臣下的裤子，打得血肉横飞，当场打死的也不在少数。官僚们清晨出门上朝，惴惴不安，白天惶惶不可终日，到了傍晚出了衙门，便要互相庆贺又多活了一天。

明太祖和永乐帝都是不世之枭雄，皇帝中难得的狠角色，他们要灭的不是读书人的肉身，而是孔夫子留给他们的尊严。肉体的惩罚还在其次，要害在精神上羞辱士大夫，让他们意识到自己只是朱家奴才之命。在独裁者眼里，只有天子一人代表天命，士大夫要替天行道、为民请命，要与天子分享天命、在皇权之外另外树立一个权威，想都不要想。朱元璋喜欢孔子，讨厌孟子，因为孟子思想太激进，竟然讲"民为贵，社稷次之，君为轻"，令他很不爽。洪武三年（一三七〇年），当他读到《孟子》中"君之视臣如手足，则臣视君如腹心；君之视臣如犬马，则臣视君如国人；君之视臣如土芥，则臣视君如寇仇"，朱元璋大怒，失声大叫："这老头要是活到今天，非严办不可！"他下令国子监将孔庙中的孟子牌位撤下，把孟子逐出孔庙。

在汉唐，士大夫制约君主的权力，除了相权之外，还有谏官一途。谏官一职的设立，乃是专门向君主提意见，挑皇上的不是。谏官在汉唐属于政府的一部分，从属于宰相领导。钱穆在《国史大纲》中描述了一个循环监督的路线：宰相听命于天子，谏官听从于宰相，而天子之得失又要听之于谏官。天子、宰相、谏官，形成了一个环环制衡、相生相克的循环圈。到了宋代，门下、中书省下的谏官皆废，成立了谏院，脱离宰相而独立，此时的谏官所谏的对象，从天子转移为宰相，宰相若想有所作为，常常受到谏官的指摘攻击。到了明朝，连谏官都给废了，仅仅在六部当中留了一个叫做给事中的官职，专门负责审核六部发下的政令。也有一些不怕死的官员和给事中，会给皇上上书，指责为君的不是。万历年间的给事中邹文标向皇帝提意见，两次上疏，两次被廷杖，打得皮开肉绽，死去活来。嘉靖年间的海瑞更是出名，在奏疏中批评皇上虚荣、自私、多疑，气得嘉靖喝令："抓住这个人，不要让他跑了！"一边的宦官不慌不忙地跪奏道："万岁不必动怒，这个海瑞向有痴名，听说他已自知必死无疑，他在上奏之前，已经买好一口棺材，召集家人诀别，仆从早已吓得统统逃散，这个人是不会逃跑的。"嘉靖最后命锦衣卫将海瑞捕入死牢，差点杀了他。

布衣出身的朱元璋痛恨读书人，仇视官僚士大夫，但有论者以为他对民众有感情，待百姓是好的。朱永嘉在《明代政治制度的源流与得失》一书中说："他的同情始终倾向于弱势的一边，也许这些正是朱元璋留给后人最为珍贵的地方。"他还透露吴晗多次修改《朱元璋传》，吴晗只看到朱残酷的一面，没有看到朱有布衣情结，同情下层社会受欺凌的弱势群体。其实，吴晗并非读不懂朱元璋，在一九四八年版的朱传中，吴晗如此写道："对官僚地主士大夫，朱永璋用一副恶狠狠的面孔，青面獠牙，无人不怕。对平民百姓，有另外一副面孔，白胡子的老公公，满脸慈悲相，满口和气话，如果不看他的真面目，也许是人民多年来所梦想的有道明君呢！"

王权、士大夫与民众，这是政治中的三角。王权的首要敌人从来不是民众，而是贵族世家、官僚士大夫。因为无论是世家大族，还是士大夫，都要与王权分享权力，共治天下。以自耕农为主体的芸芸众生们，则终日盼望着一个为民做主的好皇帝；而皇上也要借助民粹，煞煞士大夫的倨傲之气。来自底层的布衣君主对抽象的、作为整体的人民有理论上的偏爱，但一旦涉及具体的、活生生的个体民众，却是残酷无情，毫无怜悯之心。

君主独裁制度是否有效，与其说取决于制度，不如说看人，君主有雄才大略、超强的权力意志，就稳得住局面，做得了大事。一个刚愎自用的独裁者，既能大善，亦能大恶，大善大恶，全在其一念之间，制度约束不了他，臣下也不敢违拗。宋神宗乾纲独断，不顾朝野之反对，力挺王安石变法，历史上留下英名。朱元璋心狠手辣、说一不二，继承蒙古人的蛮性，铸成了历史上最黑暗的君主独裁制度，中国传统负面政治的这笔账，要从明太祖算起。大凡一个朝代开国之初，创业君主无不兢兢业业、勤勉理政，朱元璋、永乐帝皆是如此。但君主独裁制度最大的毛病，是王权更替经常伴随着危机。读二十四史可见，围绕着王位的争夺，太子之间、东宫后宫、外戚宦官彼此钩心斗角、结党营私，弟弟杀兄、皇后弑子、母后被斩首，遍目皆见杀杀杀！一代枭雄在位，天下称颂君主独裁的好处，但每一次王位转移，都会伴随着一场严重的权力恶斗，都有几颗脑袋落地，甚至整个家族满门抄斩。

为了防止太子们争抢王位，中原王朝有长子继承王位的传统。长子继承，固然稳定，但第一、二代君主来自社会底层，或者自己打下的江山，或者被分封为割据一方的诸侯王，如朱元璋、永乐帝等人，自然能力非同一般。但进入太平盛世之后，太子们养在东宫，一堵高墙将他们与社会隔离，终日与宦官为伴，再加上基因的衰退，强人之后无强人，明朝后继的君主们大都昏庸无能。假如依然是汉唐两宋的君主与士大夫共治天下，君主平庸一点并不要紧，因为国家的日常治理在宰相手里。君主有权威，宰相有权力，如同日本的天皇制那样，未尝不是一个妥当的安排。偏偏明代开国之后，将宰相给废了，一切权力集中于人君手中，朱元璋、永乐帝自然拿捏得住，收放自如，但朱家那些深宫中长大、未经人间风雨的平庸后代，靠的是祖荫接的帝位，又如何把握得了江山。

为了维护君主的绝对权威，朱元璋在《皇明祖训》中废了宰相，严禁母党、阉人干政，将一朝之大政通通交班给君主一人。偏偏不肖之子孙，担不起这样的重担。做一个独裁的君主其实是很辛苦的，天未亮时，五更时分，便要上朝，接受文武百官觐见。公文如山如海，终日批阅，如同没有尽头的苦役。明朝中后期很多位皇帝，对朝政既无兴趣，也吃不起苦。幸好皇帝有自己的秘书班子，大学士们组成的内阁帮助拟旨，是为"票拟"，还有最亲近的识字宦官代替皇上"批红"。久而久之，皇帝的权力旁落，王朝大政操于拥有"票拟"权的内阁首辅和掌握"批红"权的司礼太监手中。

内阁首辅与司礼太监是皇帝的左右手，但太监是皇帝的身边人，权力之大往往要胜出一筹。张居正作为有明一代最有作为的内阁首辅，假如没有司礼太监冯保的支持，定将一事无成。这些大太监们通常都是皇帝小时候的玩伴或伴读，比如英宗、神宗都是九岁左右登上大位的，一个不懂人事的小孩子，终日贪玩，于是年龄大一点的太监"大伴当"奉太后之命，负责对小皇帝监管，皇帝从小对他们有畏惧感。还有一些大太监，比如武宗时期的刘瑾、熹宗时期的魏忠贤，深得皇上宠幸，君主贪图安逸，不理朝政，就由这些阉人擅权。宦官以皇帝之名控制了明朝的特务组织东厂和锦衣卫，对正直的士大夫和政敌大加整肃，捕杀迫害，形成了晚明宦官当政的乱象。

那么，独裁制之下，明朝之君主是否就此可以为所欲为、想干什么就干什么呢？非也。虽然相权废除了，但文官治国的传统还在。对于庞大的官僚系统而言，它有自身的利益、意志和性格，其背后又有儒家信念和祖宗之法支撑着，因此官僚系统与君主之间，又是一场永恒的隐匿战争。皇帝与官僚的较量，是意志的比拼，也是权术的斗争。充满霸气的帝王如明太祖、永乐帝借助韩非的法术势，可以将群僚们治得服服帖帖，敢怒不敢言。但自身性格羸弱，身边又没有强悍的宦官帮衬时，君主就只能被迫屈从于官僚机器的集体意志。黄仁宇在《万历十五年》中说，官僚们所需要的只是有一个个性平淡的君主作为天命的代表，坦率地说，就是皇帝最好毫无主见，因此更足以代表天命。因为他的权威产生于百官的俯伏跪拜之中，他实际上所能控制的则至为微薄。名义上他是天子，实际上他受制于廷臣。

万历皇帝登基之初，以自己高贵的仪表给群僚以深刻的印象，他的声音发自丹田，深沉有力，余音袅袅。但他外强中干，优柔寡断，欲立自己宠爱的妃子所生的三子取代长子为皇太子，为整个官僚系统所反对，说是不合祖宗之法。万历帝拗不过大臣们，索性以怠政反抗，最后三十年不上早朝、不见群臣、不理朝政、不出宫门、不批朱笔。虽然万历年间歌舞升平，但按照黄仁宇的分析，明朝的气数开始转向，从此走下坡路，之后一路下滑。万历的孙子熹宗只爱做木匠活儿，将朝政大权交给了目不识丁的宦官魏忠贤，使天启一朝乌烟瘴气，昏暗无边。到了崇祯皇帝接位，除去了魏忠贤，亲自理政，试图重新振作纲纪，但为时已晚，在张献忠、李自成与满人骑兵的双重夹击之下，不可一世的大明王朝轰然倒地，政权拱手让给了从大兴安岭走出来的努尔哈赤皇族。

明太祖煞费苦心定下的《皇明祖训》，原本希望让朱家王朝万岁万万岁，但还是逃脱不了"其兴也勃焉，其亡也忽焉"的朝代兴亡历史怪圈。明代代替元朝，又被清朝推翻，朝代循环往复，但为元朝所开创、朱元璋所确立的君主独裁制度却在继续延伸，而汉唐两宋所曾经有过的"君主与士大夫共治天下"，消失在历史的尘埃之中，成为了久远而模糊的绝响。

## 革命是如何复活的

话说一百年前,到处发动反清起义的孙文屡战屡败,陷于绝境,弹尽粮绝。不得已流亡美国,在科罗拉多的一个中国小餐馆打工,在脏兮兮的厨房里面洗盘子。突然,一个朋友狂奔而入,兴奋地嚷嚷:"孙文啊,不要洗盘子啦,革命爆发了,赶快回国当总统吧!"

革命复活了,时为辛亥年的十月十日。

革命如同春雷一般,总是出乎所有人的意料,来得出其不意。一九一一年的中国,气氛沉闷,革命正处于低潮。每天的报纸都有民变、骚乱的消息,但早已为人们司空见惯,麻木不仁。武昌首义的枪声,最初也不被当回事:不就又一次哗变吗？这样的事在那年头多了去了。历史上的重大事件，在刚发生的时候，没有人会以为重大；反而一开始被渲染成"重大里程碑"的，事后往往被证明啥也不是。法国大革命爆发的那天，巴士底狱被攻破的消息传到凡尔赛宫，路易十六无动于衷，在日记中写道："今日无事可记。"俄国十月革命的布尔什维克党人占领冬宫，也被时人认为不过是众多政变中的一次而已。

谁也没有料到，武昌的枪声竟然点燃了辛亥革命的遍地烽火，最后让清王朝就此完蛋。为什么革命党人此前煞费苦心的起义皆成不了大事，而这次意外的擦枪走火，反而星火燎原，一举定乾坤？

革命党人最初依靠的社会力量，只是江湖中的绿林好汉，各路反清复明的青洪帮兄弟。那是一帮杀富济贫的麻匪，有钱呼啸而来，无利一哄而散。造反根植于民不聊生，骚乱来自官逼民反。中国的百姓虽然人多势众，却如孙中山所痛心的那样，只是一盘散沙，很容易各个击破、招安归顺。堂堂帝国，历来是皇帝与士大夫共治天下。只要掌握社会资源和道德权威的士大夫精英与朝廷同心同德，结成利益共同体，哪怕天天发生底层的叛乱，也不过皮肤之患而已，伤不到体制的筋骨，撼不动大清的江山。

不过，晚清的最后几年，局势在悄悄起变化。朝廷与精英的联盟已经出现了裂痕。裂痕所在，有两道平时不易觉察的暗隙：一是地方与朝廷的断裂，二是士大夫对朝廷的分离。

中央集权的清廷专制，自太平天国革命之后，权力重心便逐渐下移。镇压太平天国有功的湘军、淮军，无一不是地方武装，且以厘金自肥，自此天南海北的封疆大吏个个拥兵自重，敢与中央叫板。你要与八国联军决一死战，我偏偏来一个"东南互保"。中国历史上反专制的利器不多，最拿手的一件叫"封建"，以西周分封制的"封建"对抗郡县制的王权专制。中国近代化的突破，皆拜"封建"之福，从日益坐大的地方起家的，办洋务、练新军、出西书、兴学堂、搞自治……各项变革，无一不是地方逼迫中央。到了晚清，朝廷对地方控制的渠道，只剩下官员任免权一项。当"封建"在帝国内部日夜滋长，虽然地方表面上继续拥戴朝廷，但稍有风吹草动，"封建"便会摇身一变为"革命"。西方学者有曰：辛亥革命有两张面孔，一张是革命，另一张是封建。所谓两张面孔，不过是同一个脑袋的两面。君不见武昌首义之后，各省见朝廷大势已去，纷纷宣布"独立"，脱离中央的节制。所谓"独立"，即是"封建"的现代说辞而已。

地方与朝廷，是体制核心的权力游戏，而在体制的边缘，活动着一群帝国的士大夫。他们游走于国家与社会之间，是朝廷与民间保持互动的唯一中介。这帮享有各种特权的社会精英，到一九〇五年科举制度废除之际，内部发生了急遽的分化，有的继续在体制里面做官，更多的游离于体制，成为自由流动资源：或者下海做生意、办实业；或者入伍从戎，在军队里面一展身手；或者从事文化事业，办学堂、开报馆、搞出版。不管在体制边缘，还是体制之外，精英与朝廷依然藕断丝连，试图在体制里面寻求最大利益，而朝廷也记得要给精英好处，让他们在名目繁多的新政改革中捞足好处。

在中国历代朝政之中，帝国与精英的战略同盟不仅建立在利益之上，而且拥有共享的价值观。坏就坏在晚清之后，士大夫精英的价值观变了，变为君权民授、民权至上，而朝廷所信奉的，依然是君权神授、君为臣纲。从此双方虽然还在一条船上，却是同床异梦。士大夫精英之所以还愿意拥戴朝廷，不过是留恋体制赏赐给他们的特权与利益，何况他们也恐惧体制外的那些绿林好汉，革命摧毁了清廷尚不足惜，一旦失去了秩序，便陷入万劫不复的乱世。为了保国保秩序，不得不保大清。保了大清，也等于保了自己。孙中山虽然频频举事，士大夫精英却纹丝不动，他们自有渐进的改革之路，试图以立宪避免动乱，以改良谋求革命之道。

然而，到了辛亥之年，士大夫精英试图在新政里面分一杯羹的愿望彻底绝灭，三次赴京的国会请愿运动失败。清廷为挽救权力危机，索性逆潮流而动，搞了一个孤家寡人的"皇族内阁"。是年，士大夫领袖张謇悄悄拜访被朝廷废黜的北洋派首领袁世凯，象征着士大夫与封疆权贵携手合作，密谋图变。精英们与朝廷的利益共享也走到了尽头，清廷为摆脱中央财政危机,试图收回民间的铁路路权,重新国有化。士大夫们这下不干了,拼着老命也要捍卫自己的身家财产。武昌的枪声未响,四川那边由地方精英领导的保路运动早已轰轰烈烈。

于是,当武昌首义的枪声一响,体制内部早已蠢蠢欲动的叛逆力量齐齐浮出水面,将革命迅速办妥了。革命,不过是改革之子。革命永远发生在改革已经发生却不尽如人意的时刻。改革挑拨起众人的欲望、鼓荡起精英的参与热情,形成"政治参与"的大爆炸格局。一旦朝廷拒绝通过立宪建造一个容纳洪水的"池子",被动员起来的政治力量如同潘多拉盒子中的魔鬼,再也难以收回,你不让我在体制里面立宪,我最终会选择体制外的革命。更确切地说,不是他们选择了革命,而是革命选择了他们。如同武昌首义的领袖黎元洪,从"被革命"走向了革命。

从法国到俄国再到中国,革命总是神奇般地发生,神不知鬼不觉。那是一个时刻准备复活的幽灵,游走于历史与现实之间。

## 光华大学：一段被遗忘的激情与辉煌

日月光华，旦复旦兮，这一来自远古《尚书》的名句，成就了一所名校——复旦大学。然而，很少有人知道，民国时期的上海滩，还有另外一所与复旦齐名的私立大学——光华大学。她是我的母校华东师范大学的前身，二○一五年的六月三日，正是她的九十华诞。

一所好的大学，是有魂的。华东师范大学的灵魂，连同她的肉身，都来自光华。

说起光华，不能不提到另一所名校——圣约翰大学。圣约翰是光华的亲生之父，光华是圣约翰的"孽子"，一个背叛了专断的父亲、出走家庭、独立成人的少年英雄。

一九二五年的"五卅"惨案,是一个重要的历史转折,南京路上英国巡捕放出的排枪,让几十名中国学生倒在血泊之中,夺走了四名年轻学子的生命。黄浦江激怒了,中国沸腾了,大罢课、大罢工席卷上海,波及各地,由此拉开了国民大革命的序幕。

在沪西苏州河畔,有一所美丽的校园(今天的华东政法大学所在地),就是一八七九年成立的圣约翰大学。那是西方人在中国创办的名声最显赫的教会大学。校长卜舫济牧师出身,精明能干,独断专行,学生们对这位严厉的"家长"又恨又怕。南京路上的枪声,让圣约翰的学生在平静的书桌前再也坐不住了,学生会决定与其他高校的同学联手罢课,并请求教授们支持。圣约翰的中国教授们,本来就是老师中的"二等公民",对校长和洋教授的飞扬跋扈颇为不满,开会决定罢课七日。领头的是两位素有威望的资深学者,一位是钱钟书的父亲钱基博教授,另一位是后来担任华东师范大学首任校长的孟宪承教授。

六月三日清晨,朝阳惨淡,圣约翰附中的童子军一脸肃穆,举行升旗仪式,美国国旗升到杆顶,中国国旗下半旗向"五卅"同胞致哀。卜校长对罢课颇为不满,竟然派人将中国国旗扯下。学生们围住了校长,压抑良久的不满情绪终于大爆发:"您是校长,我们应该尊重,但您是外国人,也应该尊重我们中国人的国旗!"卜舫济大怒,命令全体师生到礼堂集合，宣布即刻闭校，所有学生一律离校回家。说罢扬长而去。

学生们呆住了，继而大愤，礼堂里哭泣声、痛斥声此起彼伏。全体学生集体决定：永远与圣约翰脱离关系，永远不入教会学校！五百一十三名圣约翰学生昂首挺胸离开校园，与心爱的母校愤然决裂，一刀两断，其中有九名是即将毕业的应届学生。北有燕京，南有圣约翰，多少人对这张含金量十足的名校文凭垂涎三尺，然而，为激情所驱使的九名少年决然放弃了即刻到手的圣约翰文凭，与同学们并肩走出校园。与学生一起脱离圣约翰的，还有孟宪承、钱基博为首的十七位中国教授。

在愤然出走的五百英雄少年之中，也有我家长辈的身影。我的舅公杜心坦，就是其中的一员，在我还是中学生的那段岁月，舅公住在我家里，每天朝夕相处。我敬佩他英语流畅，为人豪爽，却全然不知舅公的早年还有一段激情的抗争。经常来我家看望舅公的，有一位老太太，我们都叫她王家婆婆，后来才知道原来是与舅公携手叛逆的圣约翰要好同学王华照的夫人，正是王华照的父亲，后来成就了一所新的大学。

出走的圣约翰学生，本欲投奔交大与复旦，但交大怕事，不愿收；复旦太小，容不下。师生们决定成立筹备委员会，自办大学，办一所像圣约翰一样出色的中国人的私立大学。

新大学的名称很响亮：光华大学。

"日月光华，旦复旦兮。明明上天，烂然星陈。"光华与复旦皆从教会大学脱胎而来，有基督的救世精神，又有青春的叛逆性格,从诞生的第一刻起,都立愿与民族复兴日月同光,重铸辉煌。

私立大学要想立足,谈何容易,特别在中国。从清末开始,最好的大学不是有教会背景,就是有国家鼎力支持。然而,二十世纪二十年代,在那个军阀混战、政权式微的乱世岁月,在上海的地平线上却出现了一道海市蜃楼式的奇观:以新式士绅、银行家、企业家和社会名流所组成的市民社会。二十年代的上海,知识分子与资产阶级常常联手,通电全国,召开国事会议,甚至还在民间起草宪法,与北洋政府对着干,表现出十足的独立性。五百少年拂逆圣约翰,欲建立光华大学,得到了成长中的市民社会的各方声援——确切地说,是沪上地方精英的鼎力支持。我舅公的要好同学王华照,其父亲是沪上名流王省三,慨然宣布:捐出沪西百亩自家墓田,作为新诞生的光华大学的永久校址(现在为东华大学的所在地)。

光华校董会成立了,名单中都是上海滩声名显赫的人物:虞洽卿、钱新之、黄炎培、王省三、朱经农、余日章、张寿镛……诸位"土豪"、名士纷纷解囊,筹集开办经费,连张学良将军都表示"事出爱国热忱,鄙人无不竭力援助",愿捐出巨款,助光华一臂之力。

谈到光华,不能不提及创校校长张寿镛。这位清末民初有名的新式绅士,是享誉全国的理财高手,担任过多省的财政厅长,光华成立的时候正担任上海地区的最高行政长官——沪海道尹。他不仅自己捐了三千大洋,而且还应邀出任光华校长,卸官之后,全副精力都扑在办校上,任职整整二十年,直至病逝。在险恶的时代风云之中,他从容把舵,包容多元,铸就了光华早期的辉煌。在第二届光华学生毕业礼上,张寿镛的一席临别赠言,颇代表他的办学理念。他叮嘱学生:"服务社会,即服务国家。不仅要做官,我们还要注重民众的利益,勿为个人利禄计。还有希望于诸同学者,要坚苦,要洗心。无论何事,不要盲从,而要有理性的判断为行为的标准。"

光华大学继承了圣约翰严谨的校风,不像有些"野鸡大学",为了赚取学费,滥招学生。她坚持精英学校的传统,每年招生不过二三百人,学费昂贵,入学甚难,创办不过几年,很快在众多的私立大学中脱颖而出,成为个中的翘楚,有"北有南开,南有光华"之美誉。

一所大学,是否一流,唯有一个标准:有无一流的师资和一流的学生。私立大学与财大气粗的国立或教会大学不同,前者处于竞争残酷的教育市场,要吸引好的学生,首先要有好的老师。哈佛大学人文主义大师白璧德的亲炙弟子张韵海博士离开东南大学到光华任教,出任副校长之后,讲得最多的一句话就是:"我到光华,没有别的事,只有二项,一是请好教员,二是买书。"

除了张寿镛之外,光华前后几任副校长都是一时之才俊,不仅出身国外一流名校,而且在国内学术界有广泛的人脉。第一任副校长朱经农系哥伦比亚大学博士毕业,是首屈一指的教育学家,与国内的"哥大帮"自然关系匪浅,后来胡适、潘光旦、罗隆基、彭文应等到光华任教授,皆是他的穿针引线。第二任副校长张韵海原是清华学校毕业,又是哈佛出身,回国后在东南大学任教,经过他的引荐,清华学校的老同学、哈佛毕业的校友、东南大学的旧同事,纷纷云集光华,一时群星璀璨、在私立大学中鹤立鸡群,无可匹敌。

一位当年的光华学生回忆说:"我们在简陋的饭厅里可以听到鲁迅、林语堂的演讲;在草棚里可以听到胡适之、钱基博、吕思勉、蒋竹庄、吴梅、潘光旦、章乃器、王造时、罗隆基、何炳松等教授的讲学;在休息室里可以看到张韵海和徐志摩在谈诗,李石岑在谈人生哲学……"如此盛况,如此美景,只应天上有,偏偏落到了有福的光华学生头上。

本来,在近代中国,最好的国立大学大都云集京城,学术中心非北京莫属。然而,在二十世纪的二十年代下半叶,因为奉系军阀盘踞首都滥杀知识分子,随之国民革命军北伐京城、局势动荡,北京的教授们纷纷南下,欧美名校毕业的海归也将上海作为首选的栖身之地,一时黄浦江畔南北重量学者云集,新成立的光华大学占尽天时地利人和。

光华的辉煌,始于两位明星教授的加盟。一九二七年,大名鼎鼎的胡适在好友朱经农力邀下,放弃北大教职到光华大学担任哲学讲席。早在两年前,在光华刚刚建立不久时,胡适就在学校作过一场《思想的方法》演讲，人潮汹涌而来，听众过千，胡适对光华印象颇佳。如今他在光华开设"中国哲学史"课程，各系学生纷纷慕名前往旁听，连附中的中学生也去一瞻风采，其中就有后来成为著名考古学家的夏鼐。当时光华建校不久，胡大博士的课堂只能安排在八面透风的茅屋之中，沪上的冬天寒风刺骨，但热情的学生将茅屋挤了个水泄不通，连窗外都有人站着旁听，胡适十分兴奋，妙语连珠，竟然在大冬天里讲了个满头大汗。

另一位明星教授是徐志摩。他与陆小曼新婚之后来到上海，需要有一份稳定的职业，遂接受光华的聘书，到外文系教授"英国诗"和"英国散文"课程。徐志摩一表人才，"粉丝"众多，每次开着私家汽车进入校园，都有崇拜者在校门口守候，簇拥着他进入教室。徐志摩上课极富魅力，率性随意，既有剑桥的自由风气，又有魏晋的名士派头。有一次，徐志摩课堂上讲雪莱的《西风歌》，寒风从茅屋的窗户缝隙中吹进屋来，徐志摩正在兴致上，用标准的牛津英文迎着寒风徐徐吟唱。春天到了，窗外绿意盎然，徐志摩又会招呼学生，走出教室，跨过篱笆，到大自然里面去上课。他倚在梧桐树干上，带领同学们大声吟诵英国名诗。如此浪漫，如此诗意，堪为校园一景。

除了胡适、徐志摩，一批美国归来的博士也加入了光华。其中有后来成为大社会学家的潘光旦，教授优生学和社会学。学生沈云龙有如此鲜明的回忆:"潘先生圆圆面孔,架着金丝无框的眼镜,锯去一腿,以两根拐棍,两腋夹持而行。无论登楼走路,其快慢均和常人一般。他教的一本厚厚的英文书,前面大部分全属古生物学,一个单词往往由十余个字母组成,异常难念。他上课时依照座位指定同学轮流先读一段,以测验同学的了解力,然后他开始讲授,大多是他所擅长的优生学和家庭问题。"

光华的海归教授之中,最大的一个群体是清华留美预备学校的同门。民族学家吴泽霖、逻辑学家沈有乾在美获博士学位之后,都到光华来担任教授。在当年的清华园,罗隆基、王造时、彭文应这三位江西安福籍学生成绩优异,思想敏锐,活动能力超强,被称为"安福三杰",回国之后被光华一网打尽,聘在政治系任教。

罗隆基在光华虽然不是明星教授,但绝对是最活跃的。他开设"比较政府"与"中国宪法史"两门课,在课外效仿美国哥伦比亚大学的制度,组织老师与学生一起成立政治学社,还在校园做过一场关于学生政治的激情演讲。在他看来,政治不是一种知识,而是一种公民实践。虽然光华大学之中政治系学生最多,但中国的学生普遍对公共事务漠不关心。罗隆基故而谆谆告诫学生:在校期间须锻炼各种能力,作为以后进入社会之用,参与各种社团和学生会事务,对今后进入社会大有裨益。欧美大学的学生会便是国家政治的雏形,有什么样的大学生活，就有什么样的国家政治。罗隆基热情寄望光华学生组织一个好的学生会，以为政府的表率。

光华的师资来源，清华学子之外，东南大学是另一个重镇。处于南京的东南大学原来与北大齐名，因为局势骤变，学校发生持续震荡，到国民党定都南京之后索性被停办了，于是在张韵海运作之下，多位东南大学的名教授转而任教光华，其中便有两位担任过东南大学校长的重量级人物蒋维乔和陈茹玄，也到光华来担任普通教授。

光华声名鹊起之后，又有更多的名家慕名而来。后来被誉为二十世纪中国四大史学家之一的吕思勉，原来在沪江大学任教，因为不喜欢教会大学崇西轻中的风气，转到光华大学历史系，自此从一而终，一直没有离开，最后与孟宪承教授一起，成为华东师范大学两位最早的一级教授。大哲学家张东荪原来在中国公学任教，一九二八年秋应光华之聘担任哲学教授，并出任文学院院长。罗隆基在校园办政治学社，张东荪与蒋维乔一起组织光华大学哲学会，让光华的学生们读哲学的书，从哲学中吸取好的智慧。

有什么样的老师，就有什么样的学生。光华以人文见长，学生之中也多文人才子。喜爱文学的都知道，在华东师范大学的丽娃河畔，从六十年代到九十年代，走出了一大批有名的作家：沙叶新、戴厚英、王小鹰、格非、陈丹燕……其实早在二三十年代的中国文坛上，已经有了一个"光华作家群"。在长长的名单当中,有几个如今依然熟悉的名字。

储安平,一个从宜兴走进光华附中,后来又升入英文系就读的年轻才子,经常得到徐志摩的指点,大学期间就发表作品,编辑《光华周刊》,四十年代以编辑《观察周刊》享誉天下,后半生身世迷离,他的衣冠冢最后在老家宜兴落成。

赵家璧,还在光华附中的时候,已经是学生刊物《晨曦》的主编了,到了大二,应良友图书公司的邀请,编辑《中国学生》杂志。毕业后入职良友图书公司,以编辑《中国新文学大系》出名,是中国出版业不可忘却的人物。

穆时英,一九二九年考入光华英文系,第二年向《新文艺》杂志投稿小说《咱们的世界》,编辑施蛰存读了之后"非常惊异",将这位天才少年的处女作推为头条,盛赞穆时英虽然是"一个生疏的名字",却是"一个能使一般徒然负着虚名的壳子的'老大作家'羞愧的新作家"。从此一颗新星在文坛升起,被誉为"中国新感觉派圣手"。

张允和,"合肥四姐妹"中的二姐,先是在中国公学读书,后转入到光华大学。著名语言学家、如今已经一百一十一岁的文化老人周有光其时也在光华读书,比张二小姐大四岁的周有光悄悄地爱上了她。在张允和晚年的时候,有一篇《温柔的防浪石大堤》以诗一样的语言描述了两人第一次约会的幸福时光。

到二十世纪的二三十年代,光华的发展达到了她的巅峰。然而，一九三七年日军入侵，无情的炮火摧毁了光华的大西路校舍，学校转移到租界，另一部分西迁到成都建立光华大学分校，战后改名为成华大学，一九五二年院系调整后成为西南财经学院。在上海租界苦撑的光华本部在一九四五年虽然迎来了抗战的胜利，并在虹口区欧阳路复校，学生人数也达到了空前的一千七百人，但往日的辉煌盛景已不再。私立大学与市民社会的命运息息相关，一荣俱荣，一损俱损，在二十年代曾经一度牛气得很的上海地方社会，最初为南京政府的一党专政所不容，随后毁于日本的侵略炮火，战后更被恶性通货膨胀折磨得奄奄一息。没有了来自市民社会的支持，作为私立大学的光华大学也就失去了最初的元气，与后来列入国立大学的复旦大学的身影渐行渐远。光华未老先衰，何其不幸，何其悲哀。这是私立大学在中国的宿命。

一九五一年，光华大学完成了她的历史使命，合并入新生的华东师范大学。光华的肉身结束了，但她的灵魂不死。在丽娃河畔，我常常感觉到光华的心跳、光华的激情、光华的浪漫与文人气。

光华还活着，活在历史之中，活在师大人的心中。

## 他是真正将中国历史读懂、读通、读透之人

一九九〇年夏末的一个午夜,在普林斯顿大学任教的余英时教授刚刚入睡,被台北打来的越洋电话惊醒:"您知道吗?钱穆先生逝世了。"余英时是钱穆在香港新亚书院的头牌大弟子,几十年来师生之间形同父子,感情极深。余英时内心哀痛,无法自已,含着夺眶而出的泪水急就《犹记风吹水上鳞:敬悼钱宾四师》。他追忆第一次在新亚面试时见到老师的情形:"钱先生给我的第一个印象是个子虽小,但神定气足,尤其是双目炯炯,好像把你的心都照亮了。"文中有这么一段话:

我跟钱先生熟了之后，真可以说是不拘形迹，无话不谈，甚至偶尔彼此幽默一下也是有的。但是他的尊严永远是在那里的，使你不可能有一分钟忘记。但这绝不是老师的架子，绝不是知识学问的傲慢，更不是世俗的矜持。他一切都是自自然然的。但这是经过人文教养浸润以后的那种自然。我想这也许便是中国传统语言所说的"道尊"，或现代西方人所说的"人格尊严"。

钱穆的尊严，未必体现在权力面前，更多表现为一位读书人的清高与自重。他的身上，有典型的士大夫气质，无论是优点还是缺点。比一般人比较，中国是否最突出的是有家国天下情怀，无论富贵还是贫贱，皆不以一己之利益或趣味为满足，操的是治国平天下之心。

启蒙钱穆家国天下关怀的，是一位体育老师。钱穆七岁入私塾，十岁进了家乡无锡荡口镇的新式学校。教体育的是同一个家族的钱伯圭先生，他曾经游学于上海，是一个秘密的革命党人。有一天，伯圭师牵着钱穆的手，问："你读过《三国演义》吗？"钱穆点点头，伯圭师正色曰："此等书以后不必再读！一开卷即云天下大势，分久必合，合久必分，一治一乱，此乃中国历史之错乱，今日欧洲英法诸国，合了便不再分，治理了便不再乱，我们以后要学他们！"一个十岁的孩子，听了老师的这番话，竟然"巨雷轰顶，全心震撼"。钱穆晚年回忆说,从此七十四年来,他的用心全在这一问题上,"余之毕生从事学问,实皆伯圭师此一番话有以启之"。

余英时说:"钱先生自独立思考以来,便为一个最大的问题所困扰,即中国究竟会不会亡国?他在新亚书院多次向我们同学讲演,都提到梁启超的'中国不亡论'曾在他少年的心灵上及其巨大的震动……他深深为梁启超的历史论证所吸引,希望更深入地在中国史上寻找中国不会亡的根据。钱先生以下八十年的历史研究也可以说全是为此一念所驱使。"

作为二十世纪中国最著名的史学大师之一,钱穆完全是自学成才,连中学也没有读完,曾经想考北京大学也不得其门而入。他以一己之努力,先后撰写了《先秦诸子系年》与《刘向歆父子年谱》,以严密的考证和细致的梳理,推翻了流行于世的前人旧说而震撼学界。二十世纪的中国史学,依然以乾嘉的考据学为正宗,钱穆以实证研究闻名,有天生的考据功夫,按照如此的路径依赖,大可在史学界一帆风顺。偏偏钱穆为少年时代播下的家国天下关怀所刺激,不满足于当一个纯粹的学者,而有更大的抱负与雄心:成为中国文化的托命之人。他以考证见称于世,却不讳言自己的考证只是服务于一个更高的目的,那就是从历史上寻找中国文化的精神所在。一个民族的灵魂是无法用实证的方法找到的,它只能在知识分子的精神探索中去体会和阐释。在欧风美雨冲击之下，近代以后的中国不仅失身，而且还丢失了自己的灵魂，这是让钱穆最痛心的。余英时说老师"一生为故国招魂"，真是画龙点睛之论。

钱穆平时与得意门生讲得最多的，是关怀要大，目光要远："我们读书人，立志总要远大，要成为领导社会、移风易俗的大师，这才是第一流学者！专守一隅，做得再好，也只是第二流。"对于他的前辈梁任公，钱穆未必敬佩他的学问，却倾心赞同他的关怀与问题路径："任公讲学路径极正确，是第一流路线，虽然未做成功，著作无永久价值，但他对于社会、国家的影响已不可磨灭。"钱穆还将王国维与梁启超做了一个比较，王国维比起任公，虽然"路径"二流，但考证的着眼点很大，不走零碎琐屑一途，也能算一流学者。钱穆在这里说的"路径"，是一种问题意识和背后的关怀，而考证则属于工具层面的功夫论，顶尖的学问，必定有一流的"路径"和一流的考证。"路径"二流，也不要紧，只要像王国维那样，不陷于鸡零狗碎的繁琐之途，致力于大问题的考证，也同样可以是一流的学问。

钱穆出生于一八九五年，按照他的年龄，属于五四一代知识分子。比较起他的前辈康有为、梁启超、章太炎晚清一代知识分子，虽然都继承了家国天下的士大夫情怀，但关切点已经转移。晚清士大夫有强烈的政治意识和参政欲望，康梁一生都有急迫的用世之心，只是不得志而已，章太炎流亡日本时为鲁迅、钱玄同一帮学生讲学，谈到学问常常昏昏欲睡，一论政治立刻神采飞扬、眉飞色舞。但钱穆、胡适这一代知识分子就不一样了，胡适说自己对政治是"不感兴趣的兴趣"，钱穆有救世的关怀，但救世最终要落实到救心，为中国的未来招回民族的新魂。

早在一九二六年国民大革命风起云涌之际，有朋友听说钱穆很敬佩孙中山的三民主义，力劝他加入国民党，钱穆回答说："苟入党，则成为一党人，尊党魁，述党义，国人认为余为一党服务，效力有限。余不入党，则为中国人尊一中国文化大贤，弘扬中国民族精神，一公一私，感动自别。"

抗战胜利之后，钱穆为《大公报》写时评，集了一部《政学私言》的小册子出版。一日梁漱溟来访，极为称赞钱穆的立场，引为同调，说可以作为政治协商会议的进言。钱穆不以为然："书生论政，仅负言责。若迷于政治，不是舍弃自家农田为他人耕耘吗？"梁漱溟又提出，政治协商会议有了结果，政治清明之后，我们合办一个文化研究所如何？钱穆回答："俟河之清，人寿几何？文化研究，倡导后学，兹事体大，重于政协。国共对峙，强扭的瓜不甜，国事无望，办学何不从今日开始？"梁漱溟颇为不悦，起身就走："知其不可而为之，今日大任所在，我亦何辞！"梁漱溟与钱穆，虽然在复兴中国文化上为同路人，但在人生志向上，却有微妙差别,梁漱溟有救世抱负,先政治而后学问,而钱穆则冷眼看穿政治不可为,与其救世,不如救心。

于是,钱穆出走香港。他的少年时期恩师吕思勉留在上海,写信给他,劝他回来看看,沪港两地经常走动。钱穆回信说:"老师劝我沪港两地自由来往,这是我做不到的。……我愿效法明末朱舜水寓日本传播中国文化。"

钱穆中学辍学,十七岁即入小学当老师,在出名之前,在苏州和无锡的中小学有二十年的任教经历,国文、史地、英语、数学、体育、音乐,都开过课,可谓是"全课教师",这使得钱穆的知识视野比一般学者要辽阔许多,也不以狭隘的某一专题或领域为满足。他在苏州中学担任国文课主任教席的时候,撰写了他的成名作《先秦诸子系年》,顾颉刚读了甚为惊讶和佩服,专程到苏州拜访,两人一见如故,顾颉刚对钱穆说:"兄才华横溢,不宜在中学教国文,可以到大学去教历史。"民国时期的大学,不拘一格降人才,不问学历出身,只看有否真才实学。梁漱溟考北大没有被录取,只因一篇发表在《东方杂志》上研究印度哲学的《究元决疑论》,为蔡元培看重,直接聘到北大当教授。陈寅恪周游列国,不屑一张文凭,也没有著述发表,梁启超推荐他到清华国学院担任导师,校长有点为难,梁任公生气地说:"我梁某人著作等身,还不及陈寅恪一篇文章!"而这篇文章,不过是发表在《学衡》杂志上寥寥数百字的《与妹书》。在梁任公的声誉担保之下，陈寅恪进了最高学府清华，开始了"教授中的教授"生涯。钱穆也有这样的幸运，他在顾颉刚的力荐之下，先是到燕京大学任教，随后发表了更有学术分量的《刘向歆父子年谱》，转而入北大历史系。他的命运有点像梁漱溟，少年时期欲考北大而不得，成年后以一篇文章直接进北大担任教授。

让钱穆誉满京城的这篇《刘向歆父子年谱》，以细密的考证，指出了康有为那篇轰动一时的《新学伪经考》有二十八个不通之处，洗清了被康有为诬陷的刘歆伪造古经的不白之冤。长期以来，国学界治经的人不懂史，治史的人不问经，经史两分。而钱穆，以史治经；引经入史，一举结束了被康有为挑起的长达三十年的古文经学与今文经学之争。据说，之前各大学的经学史课程讲的都是康有为的观点，钱穆文章一出，各校的经学史课程纷纷停开，不得不按照钱说重新备课，调整讲法。

以钱穆一流的考证能力，要在北大站稳脚跟，本来可以开设考据学的专业课程，继续走考证之路，偏偏钱穆有着更大的雄心。他在北大历史系开设的课程，有上古史、秦汉史、中国近三百年学术史、中国政治制度史。但他最大的愿望，是独自开一门中国通史。虽然国民政府教育部要求各大学将中国通史列为必修课，但历史系的教授们还是习惯传统的断代史研究，没有一个人能够融会贯通，将中国历史从上古一口气讲到明清。于是所谓的中国通史，便成为各自讲一段的断代史拼凑，缺乏一条红线通贯而下，让学生听了一年课，依然感到头绪纷繁，不得要领。北大历史系本来考虑让钱穆讲上古秦汉前半部分，让陈寅恪讲隋唐之后的后半部分。钱穆却说："不必两人分担，我可独任全部通史。"同事们听了半信半疑，之前北大历史系还没有哪位教授有如此能力。但有着丰富的中学任教经历的钱穆，愿意当第一个吃螃蟹的人。

他将中学的经验带入大学课堂，花了整一年的时间用于备课，每天下午到公寓附近的太庙，找一处参天古柏的绿荫，放一张茶几，一把藤椅，沏一壶好茶，反复衡量，拟订通史讲授大纲。钱穆的中国通史课轰动京城，学生们奔走相告，要提前半个小时去教室霸位，除了本校的学生，还有其他学校的学生纷纷赶来蹭课。钱穆上课的二院大礼堂，是普通教室的三倍大。挤得满满当当。钱穆讲课，从不请假，也没有迟到、早退。上课铃响，他就开讲，没有一句题外的废话。台阶式的梯形教室，满坑满谷的学生，更显得钱穆身影的瘦小，但这个小个儿，却拥有强大的气场，感染了全场几百个学生，支配了他们的大脑和心志。他的学生严耕望说：中国通史教授最成功的，当以钱宾四先生为最。他学历、才气兼备，擅长演讲，又富于民族感情，没有一个人能像他那样兼备这四项条件，也不具有他那样的卓越表现。有一位姓张的学生,从高中三年级起,每年来听钱穆的通史课,从北大到西南联大,连续六年。钱穆很奇怪,问:"我每年的课内容有变化,但大的宗旨历年不变啊,你为什么每年都来听?"学生回答说:"老师,我就想在您每年讲的变化的内容里,寻找不变的宗旨,所以每次都有心得,屡听不厌!"

钱穆在北大有一个好朋友陈梦家,非常欣赏钱穆的通史课,几次劝说钱穆为中国通史写一部教科书。时正值抗战期间,北大与清华、南开组成的西南联大流亡于昆明。钱穆有点犹豫:"通史涉及材料太多,所知有限,等到抗战胜利之后返回北平再考虑。"陈梦家说:"不然,待先生返平,兴趣广,门路多,不知又有多少题材涌上心来,哪里还有时间来写一部教科书。不如现在流亡期间,书籍不富有,先生只要就平日课堂所讲,随笔书之,岂不驾轻就熟,而让读者受益!"钱穆觉得言之有理,终于接受了陈梦家的建议。

他搬到昆明东南的小城宜良,在城西伏狮山下寺庙边租了一个幽静的别墅,周四乘火车去昆明到学校上课,周日回来,周一到周三闭门写作。汤用彤和陈寅恪都来过,感叹说:"这里太安静了,若我一个人住,非得神经病不可。"然而,钱穆耐得住寂寞,经过一年的时间,他写出了中国通史中经典中的经典《国史大纲》。《国史大纲》不是一本普通的教科书,它凝聚了钱穆几十年对中国历史的独特思考。五四以后,史学界的主流是疑古思潮,在一元论的历史演化论的支配之下,将中国古代视为落后的封建社会,政治上是野蛮的东方式君主专制主义。钱穆在《国史大纲》扉页中,以醒目字体写道"凡读本书请先具下列诸信念":要对"本国以往历史有一种温情与敬意,至少不会对其本国以往历史抱一种偏激的虚无主义,亦至少不会感到现在我们是站在历史最高之顶点,而将我们当身种种罪恶与弱点,一切诿卸于古人"。引论先期在《中央日报》刊出之后,在学界引起轰动,赞成、反对者不一而足。特别是钱穆对中国传统政治的辩护,更是成为争议的焦点。钱穆坚决反对将"封建"描述古代中国社会,用"专制"定义古代中国政治。他说:

> 我常听人说,中国自秦汉以来二千年来的政体,是一个君主专制黑暗的政体。这明明是一句历史的叙述,但却绝不是历史的真相。中国自秦汉以下二千年,只可说是一个君主一统的政府,却绝不是一个君主专制的政府。就政府组织政权分配的大体上说,只有明太祖废除宰相以下最近明清两代六百年似乎迹近君主专制,但尚绝对说不上黑暗。

在《国史大纲》之中,钱穆以通贯的史观,论证了从汉唐到两宋,中国政治是士大夫与君主共治天下,士大夫与君主在政治系统之中形成了道统与政统的双重权威。只有到了元代异族入侵,才给中国带来了野蛮的君主独裁制度,明清两朝承袭元制,废除宰相,士大夫权力式微,君主权力独大。中国历史并非自秦以来两千年来一团漆黑,汉唐两宋的士大夫与君主的共治格局,是中国传统政治的正面遗产。虽然钱穆对传统政治深怀温情与敬意,他依然对其"好"所能达到的限度有清醒的认识,在他看来,中国历代有盛世与衰世,有治乱循环,个中很大原因乃是有明君贤相主政,只是人事好,并没有立下好的制度。类似的精辟论述在《国史大纲》中比比皆是,难怪许倬云教授说,这本书至今还隐藏着十几个博士论文的好题目,只是很多人没有发现而已。余英时也说,《国史大纲》看似流畅,其实并不易读,因为钱穆先生写通史时惜墨如金,语多涵蕴,值得再三玩味。以我个人的体会,每隔几年,我会围绕正在思考和研究的问题,将《国史大纲》相应篇章拣出来读一遍,每次重读,都有新的发现,屡温屡新,非常耐嚼,所谓经典,即是如此。

自进入北大任教之后,钱穆一改之前的考证梳理,主要致力于通史、通论式的写作:除了《国史大纲》之外,《中国近三百年学术史》《清儒学案》《中国文化史导论》《湖上闲思录》《中国历代政治得失》《中国思想史》《中国历史精神》《文化学大义》等先后出版。这些著作由浅入深,通俗易懂,以浅显的语言阐明深刻的义理,脍炙人口,常销不衰。然而,民国史学界依然奉德国兰克学派和乾嘉学派的实证主义为圭臬,颇看不起钱穆的这些通论性研究。有人嘲笑钱穆：你不懂甲骨文，还搞什么上古史？也有人批评他写通史只用《二十四史》中的熟史料，拿不出冷僻的独家文献。傅斯年对人说："我一向不读钱某人的书文一字，他的关于欧美的知识，都是从《东方杂志》而来。"因为受到主流史学派的轻视和排挤，钱穆在北大和西南联大待得并不愉快，《国史大纲》写成之后，他便回无锡老家省亲，以后游教于齐鲁大学、浙江大学、华西大学、四川大学、江南大学、华侨大学，再也没有回北大，北大在抗战胜利之后复员北平，也不给他发聘书。甚至一九四八年第一届中央研究院院士遴选，虽然钱穆名气很大，但八十多位当选者中，却遍插茱萸少一人，不见他的名字。钱穆很生气，从此与主流学界一刀两断，互不来往。严耕望说："先生民族文化意识特强，在意境与方法论上，日渐强调通识，认为考证问题亦当以通识为依归，故与考证派分道扬镳，隐然成为独树一帜、孤军奋斗的新学派。"一直到一九六六年，台湾"中研院"举行第七次院士会议，许多人觉得钱穆再不是院士，似乎不是钱穆的耻辱，而是"中研院"的耻辱了，才将钱穆补入，一洗历史之缺憾，终于实现了考证派和通识派的大团圆。

钱穆考据学出身，以通识派为旗帜，成为20世纪中国史学的一大家。在通与专之间，究竟孰重孰轻，他有非常自觉的看法："现在人太注意专门学问，要做专家。事实上，通人之学尤其重要。" 余英时说：究竟通还是专，从来是一大难题。若按照西方的分类，选一专门的范围进行窄而深的研究，未免给人以牵强和单薄之感；如果过分注重通，先有整体的认识再去走专家之路，又是研究者的精力与时间所不能容许的。钱穆先生走出了一条独特的"以通驭专"的道路。一般人视他为学术思想史家，其实他在制度史、地理沿革和社会经济史各方面都下过苦功，有专门论述，且能将它们融会贯通。读钱穆的著作，即使是讨论某一个问题的专著，的确有一种左右逢源、视野宏大的感觉。

钱穆常常感叹，中国学术界实在差劲，学者眼光狭窄，无大野心，也无大成就。严耕望自以为智力中等，做不了像老师那样的大学问，钱穆对他说："这只关自己的气魄及精神意志，与天资无大关系。大抵在学术上成就大的都不是第一等天资，因为聪明人总无毅力与傻气。你的天资虽不高，但也不很低，正可求长进！"在武汉大学任教时，钱穆有两个得意门生，一位是钱树棠，另一位是严耕望。论聪明，钱树棠远在严耕望之上，他博览群书，多能论断；而严耕望专精一二。然而，聪明的钱树棠不知其兴趣何在，屡变其学，终身未有大成就，而专精的严耕望，在老师的鼓励下，又获得了通博的大视野，成为了中古政治制度与历史地理的著名专家，最后也当选为台湾"中研院"院士。严耕望在他的《治史三书》中，深情回忆了钱穆老师对他的耳提面命，详细阐发了学术上专精与博通之间的辩证关系，值得每一位问学者认真研读。

钱穆的学问，可谓是"一个中心，两个基本点"。中心乃是中国的民族精神、思想文化；两个基本点，一是政治制度，二是历史地理。这三点支撑起钱穆有关中国历史的知识架构。他擅长将制度史与思想史打通，从制度中寻找思想之魂，从思想外探求制度肉身。制度是流水，流淌在各朝各代不同的时间与空间之中，他在制度之外，又注重历史地理。而要懂历史地理，学问不仅仅在书本里，还在山水之间。钱穆非常喜欢游历名山大川、人文古迹，在自然山水里汲取智慧的灵感，在历史现场中获得真实的感受。在他晚年的回忆录里，有许多与同事、朋友、学生出游的记载，其景其情，历历生动。在他看来，游历亦如读史，尤其是一部活历史。他在浙江大学任教时，经常与学生李埏出游，回忆录中有如此记载："时方春季，遍山皆花，花已落地成茵，而树上群花仍蔽天日。余与李埏卧山中草地花茵之上，仰望仍在群花之下。"李埏对钱穆说："当年在北平听您上课，学生皆崇拜先生之渊博，以为您必长日埋头山斋，今日才知道先生有如此雅趣，先生之好游，为我辈之不及也！"钱穆说："读书当一意在书，游山水当一意在山水。乘兴所及，心无旁及。孔子《论语》云，仁者乐山，知者乐水。即已教人亲近山水。读朱子书，亦复劝人游山。从读书中懂得游山，始是真游山，乃可有真乐。"

一般人游山玩水，只是身体的快乐，对于钱穆来说，无异为另一种读书，读自然与社会的大书。岂止是读书，更是一种心灵修炼，从山中求仁，从水中求智，将自己的身心沉浸于自然的怀抱，放空心灵，放空大脑，如此，各种奇思妙想会悄然涌现。一九四八年，当国共在战场上打得硝烟弥漫的时候，钱穆应荣德生之邀，回故乡无锡在江南大学任教。校园距离鼋头渚不远，钱穆在课余常常信步于此，眺望太湖美景。他写道："我的生活，其实也算不得闲散，但总是在太湖的近旁，时时见到闲云野鸥风帆浪涛，总还是有一些闲时光的。我的那些思想，则总是在那些闲时光中透逗，在那些闲时光中酝酿。"他在这里写下了亦诗亦文亦思的《湖上闲思录》，散文与历史、诗意与哲理融为一体，充溢着生命的灵气。

严耕望认为二十世纪中国有四大史学家：陈垣、陈寅恪、吕思勉和钱穆。这四位史学大师，要论个性，陈垣最为精专，陈寅恪最为深邃，吕思勉最为博大，而钱穆，最为通透。他是真正将中国历史读懂、读通、读透之人。

〔书生〕

# 沈从文的泪

张新颖著作《沈从文的后半生》,令我最感叹不已的,是沈从文这位文坛无冕之王的泪。

到了晚年,沈老越来越容易落泪。孙女在学校被顽童欺负,他哭了;老友穆旦逝世,他泣不成声;回乡听傩堂戏,他泪湿衣襟。接受记者采访,回忆往事,老人说:"在'文革'里我最大的功劳是扫厕所,特别是女厕所,我打扫得可干净了。"女记者听之动容,上前拥住老人的肩膀:"沈老,您真是受苦受委屈了!"没想到,沈从文抱着女记者胳膊,嚎啕大哭,不停地哭,鼻涕眼泪满脸,老伴张兆和像哄小孩一样,又是摩挲又是安慰,才让他安静下来。

最见不得的，是古稀老人的泪。究竟是多大的苦难，让沈从文忆及以往，常常不能自已？

从湘西大山里出来的他，不是没有见识过苦难。年轻的时候，他曾经当过兵，见过各种人世间的残酷，杀人如麻，血流成河，甚至还看到过一个十二岁的小孩挑着父母的头颅！他说："因这印象而发展，影响到我一生用笔，对人生的悲悯，强者欺负弱者的悲悯，因之笔下充满了对人的爱，和对自然的爱。"

这苦难，到了建国之后，竟然降临到自己身上。我读沈从文民国时期的评论，常常为他捏一把汗：挑起京派海派大论战的，是他；批评左翼文人的，也是他。年轻的沈从文，因为自己"乡下人"的耿直，得罪了不少人，也因此埋下了之后的祸根。

沈从文太单纯了。北平解放前夕，北大教授云集一堂，讨论文学与政治的关系。沈从文将政治比喻为"红绿灯"，文学是否需要"红绿灯"指挥呢？他与冯至有一场争论：

冯：红绿灯是好东西，不顾红绿灯是不对的。

沈：如有人要操纵红绿灯，又如何？

冯：既然要在路上走，就得看红绿灯。

沈：也许有人以为不要红绿灯，走得更好呢？

沈从文始终相信，文学要保留一点对政治批评和修正的权利，而不是单方面的守规矩。这种坚守，让他付出了难以承受的代价。解放以后，当各种政治浪潮铺天盖地而来，朋友们纷纷识时务为俊杰，听从"红绿灯"指挥的时候，沈从文还在那里犟头犟脑地守着自己。郭沫若一篇《斥反动文艺》的战斗檄文宣判了沈从文政治上的死刑。沈从文被踢出了北大，赫赫有名的大作家、大教授被发配到历史博物馆当讲解员。

祸从天降，猝不及防。当朋友们都及时跟上时代的步伐，意气风发、红光满面的时候，沈从文却被时代抛弃了。新中国对他而言，不是"时间开始了"（胡风语），而是"时间终结了"。沈从文悲哀地写道："这个新社会人都像绝顶聪明，又还十分懂幽默感。我却总是像个半白痴，满脑子童心幻念，直到弄个焦头烂额。"

沈从文不无感慨："二十年三十年统统由一个'思'字出发，此时却必需用'信'字起步，或不容易扭转，过不多久，即未被迫搁笔，亦终得把笔搁下。这是我们一代若干人必然结果。"

第一次文代会，南北作家汇聚北京，沈从文连代表都不是。他想与时代和解，但时代容不下他，他也不理解这个时代，"感到前所未有的孤立，他的命运得由他一个人来承担，而并不是他原来预感的一代人来共同承担共同的命运。他没有同代人的陪伴。这种'完全在孤立中'的强烈感受，打击太大了"。他几次有自毁的冲动,都被从死亡线上救了回来。

一个作家,失去了写作能力,就像美食家失去了味觉一般,令人崩溃。倘若这是一代人的悲剧,尚能同病相怜,但命运偏偏让沈从文一个人来承受一代知识分子的苦难。在众人狂欢之夜,独饮孤独的苦酒,这是何等的悲凉。

敌人毁灭不了你,陌生人也伤害不了你,唯有来自朋友的切割、误解与反目,才会真正戳到你的痛处。沈从文与丁玲,再加上胡也频,曾经是一段民国文坛"三人行"的佳话,经历过共同的恐怖岁月,互拥取暖,血浓于水。时代改变,丁玲也变了,变得那样冷冰冰,形同陌路,而且还公开与沈从文划清界限,痛斥他是"贪生怕死的胆小鬼,斤斤计较于个人得失的市侩"。沈从文的心里在滴血,他不申辩,也不反唇相讥,只能在给友人的信中委婉地倾述内心的苦楚。

伤害还来自学生的变脸。范曾曾经当过沈从文的助手,为《中国古代服饰研究》绘制插图。为了帮他调动工作,沈老尽其所力,四处奔走。范曾为此感激不尽,不时写信来嘘寒问暖,有一次天不亮就来敲老师的门:"昨晚梦见沈先生生病,我不放心,连夜赶来。""文革"开始了,范曾反戈一击,写大字报揭发老师,而且对老人颐指气使:"你过了时,早就没有发言权了,这事我负责!"沈从文气得冒着鹅毛大雪赶到友人家里,进门便说:"一辈子没讲过别人的坏话，我今天不讲，会憋死的！"

沈从文心中的女神、太太张兆和，喜欢沈的文字，却不理解沈的内心。在沈从文最需要她陪伴的时候，她却常常离沈从文而去，留下他一颗敏感而孤独的心，在黑夜中痛苦地自噬。直到沈从文逝世，张兆和整理两人的书信，才似乎明白了丈夫的内心：

> 从文同我相处，这一生，究竟是幸福还是不幸，得不到回答。我不理解他，不完全理解他。后来逐渐有了些理解。但是，真正懂得他的为人，懂得他一生承受的重压，是在整理编选他遗稿的现在。过去不知道的，现在知道了；过去不明白的，现在明白了。

然而，对彼时急切渴望被理解和抚慰的沈从文来说，这个"明白"来得太晚了。

一个年轻时代意气风发、自视甚高的大作家，在他的后半生，宛如变了一个人：胆怯、赢弱和谦卑。他内心的委屈无从诉说，只能将个人的苦难理解为一种为国家的牺牲。新中国成立之初在华北革大学习期间，李维汉对知识分子们说："国家有了面子，在世界上有了面子，就好了，个人算什么？"沈从文听了之后自我安慰："说得极好。我就那么在学习为人民服务意义下，学习为国家有面子体会下，一天又一天的沉默活下来了。个人渺小得很,算不了什么的!"此后,"个人渺小"成为他经常的自慰语,"牺牲一己,成全一切"成为他立身的座右铭,这些竟然使他在内心深处获得了一份小小的崇高感。

沈从文逝世之后,他的全集终于出版了。一千多万字的篇幅里面,有四百多万字是生前未发表的物质文化史研究和卷帙浩瀚的书信。那是另一个我们所不熟悉的沈从文。这位与诺贝尔文学奖擦肩而过的无冕之王,在他的后半生,以其心灵的苦难和不屈的挣扎,丈量出那代知识分子的痛与爱。

那样的时代,再也不能出现了。

## 你懂得什么叫革命？

中国文坛的最大憾事，是丁玲与沈从文的交恶。

他们曾经是那样的接近、那样的亲密。二十世纪二十年代，沈从文、丁玲再加上胡也频，三个从内地来到都城的文学青年，同居一个屋檐下，共同打拼，以至于黄色小报描声绘色，想象他们的暧昧关系。最终，胡也频被国民党当局杀害，丁玲与沈从文歧路分离，一个成为激进的左翼作家，另一个走向了自由派阵营。

让我好奇的是，是一些什么样的因素，会让两个同生死、共命运的文学青年分道扬镳？是各自的宿命，还是纯属偶然？

丁玲与沈从文都来自湘西，沈从文的故乡凤凰城与丁玲的老家常德相距数百里，一条河将两地连接在一起。但他们的相识，却在一九二五年的北京。一个冬天的清晨，刚刚认识丁玲没有几天，就疯狂爱上她的福建青年胡也频，将丁玲带到沈从文的小屋。第一次的见面，沈从文后来有详细的描述。腼腆的丁玲胖乎乎的圆脸上，老挂着笑容，沈从文心里暗暗想："你是一个胖子的神气，却姓丁，倒真好笑咧。"两个湘西人一见如故，用家乡话亲热地交谈起来，将胡也频晾在了一边。沈从文一生都自称为"乡下人"，他本能地认定丁玲与他是同类，因为彼此都来自湘西。"这地方直到如今，也仍然为都会中生长的人看不上眼的。假若一种近于野兽纯厚的个性就是一种原始民族精力的储蓄，我们永远不大聪明，拙于打算，永远缺少一个都市中人的兴味同观念，我们也正不必以生长到这个朴野边僻地方而羞辱。"

三位"北漂"住在潮湿发霉的公寓里，开始了自己的文学梦。文学界是他们的向往，又无形中隔着一条藩篱。他们的内心是敏感的，自卑而又野心勃勃。三位青年互相磨砺，给京城最有影响的《语丝》《晨报副刊》《现代评论》投稿，用的是同样的狭行稿纸、硬硬的笔尖和蓝色的墨水，笔迹也变得彼此接近，以至于编辑还以为是同一个作者的不同化名。也正因为这样，当丁玲给在上海的鲁迅写信求助，鲁迅一看还以为是他讨厌的"休芸芸"（沈从文）冒充女性来捣鬼而置之不理，从此播下了沈从文对鲁迅和左翼作家的不满种子。

　　沈从文独特的才气与风格，得到了文坛大佬郁达夫、徐志摩的赏识，得以在《晨报副刊》发表文章，但他每一次到晨报馆去领稿费，都感觉受到了一次侮辱。先是在会计办公室门口，"老实规矩的站在那黑暗一角等候"，待领到可怜的稿费之后，还要被可恶的门房敲诈一笔回扣。发表作品是如此的艰难，使穷困潦倒的文学青年们对大刊物上各种时髦的名字又爱又恨。沈从文不无嫉恨地说："我们对这个时代是无法攀援的。我们只能欣赏这类人的作品，却无法把作品送到任何一个大刊物上去给人家注意的。"有一次胡也频打通关系认识了周作人，帮助沈从文在《语丝》刊出了文章，沈从文抱着胡也频的肩头，竟然哭了。

　　丁玲的文学起步比沈从文、胡也频要晚一些，她不喜欢那座城市，讨厌京城的上流绅士社会。在绅士阶层面前，沈从文有自卑感，但压抑自己的厌恶想挤进去，丁玲只想与京城一刀两断。她写道："我很恨北京！我恨死的北京！我恨北京的文人！诗人！形式上我很平安，不大讲话，或者只像一个热情诗人的爱人或妻子，但我精神上苦痛极了！"全部用的是感叹号，足见丁玲内心的愤怒之火。

　　沈从文是喜欢文学而写文章，他的文字里是湘西的云与水，丁玲因为"精神的苦痛"而在小说中发泄，她说："我的小说就不得不充满了对社会的卑视和个人的孤独的灵魂的倔强。"奇怪的是，沈从文希望挤入都市，却在小说中怀恋乡村的自然与蛮荒；而痛恨京城的丁玲，却道尽了都市游子的苦闷与彷徨。她的成名作《莎菲女士的日记》之所以引起轰动，正是切中了弥漫在都市青年中深刻的虚无主题。

大革命失败之后，由于北方生存环境的恶化，各路文化精英纷纷南下上海，三位文学新星也先后来到上海，在一起写小说、编副刊，甚至联手办了一家出版社。当年的上海，是比北平更加政治化的城市，三个年轻人看起来走得更近了，却渐渐地拉开了心灵的距离。热烈的胡也频读了许多红色书籍，思想越来越激进，加入了左翼作家联盟。沈从文对政治一直抱着深刻的怀疑，他也不满黑暗的社会，但觉得比较起冲动的情感，冷静的理智对于知识分子来说，是更为需要的。从笼罩着原始神魅氛围的湘西走出来的沈从文，对狂热的信仰保持着一份警惕。他有一段话，表明了"独立"与"信仰"的不容：

> 中国自从辛亥革命后，帝王与神同时解体，这两样东西原本平分了这个民族的宗教情绪，如此一来"信仰"无所适从，现状既难以满意，于是左倾成为一般人宗教情绪的尾闾，原是极其自然的结果。因此具有独立思想的人，能够不依靠某种政体的理想生存的，也自然而然成为所谓"无思想"的人了！

沈从文有着"乡下人"般的独特与倔强，他不喜欢狂热的左倾，也不认同自由主义。他向往上层的绅士社会，但在思想上始终与后者保持一段距离，他有自己的眼睛和大脑，拒绝各种美丽的乌托邦与"政体理想"，他说他只信仰"真实"。从社会底层走来的文学青年，原本是很容易为革命的乌托邦感召，但沈从文在少年的时候，看到了太多的残暴与屠杀。在他十岁的时候，因为苗民起义失败，他的几位叔叔遭到杀戮，他曾经跟随家人去县城，在几百颗悬挂的人头中，寻找亲属的遗容，他还发现了挂在木棍上的一串人耳朵。"人头如山，血流成河"——这情景在他幼小的心灵中留下沉重的阴影，终生无法忘却。他目睹官府的残暴，也了解民间的报复同样血腥。沈从文向往一个文明的社会，对秩序的破坏有天然的恐惧与反感。比较起对民众怀有玫瑰色想象的胡也频、丁玲，当过兵、见过杀人、有过底层社会经历的沈从文，更了解一旦唤起自发的民众，将有多么可怕的蛮性被释放出来！

沈从文很为狂热而单纯的朋友担心："注意那些使人痛苦卑贱的世界，肮脏的人物，粗暴的灵魂，同那些人接近，自己没有改造他们以前，就先为他们改造了自己。"革命的启蒙者都以为自己能唤起和改造民众，但潘多拉的魔盒一旦被打开，原本被教养与文明压抑了的原始蛮性就再也无法收回，最终被改造的、受到伤害的，却是启蒙者自己。不过，沈从文依然理解胡也频的选择，他赞扬"这男性强悍处，却正是这个时代所不能少的东西"。相形之下,他反省自己的性格里面倒多了一些琐碎,这琐碎常常蚕食自己的生命,让自己陷到平庸的泥沼里面。

晚年的丁玲曾经尖刻地批评沈从文这种琐碎、平庸的绅士梦:"那时我们三人的思想情况是不同的。沈从文因为一贯与'新月社'、'现代评论'派有些友谊,所以他始终羡慕绅士阶级,既反对统治者,又希望自己也能在上流社会有些地位。他已经不甘于一个清苦的作家生活,也不太满足于一个作家的地位,他很想当一个教授。"这究竟是诛心之论,还是有几分真实?

沈从文出身于湘西显赫的世家大族,家里曾经寄希望于他能够像他的祖父那样,当一个有权有势、威震一方的将军,他十四岁便被送去当兵。然而,比较起出操、放枪,羸弱的沈从文更喜欢读书。后来他认识了一名印刷工头,阅读了《新潮》《改造》等大量新文化刊物。他痛恨那个"杀人者杀人,杀人者又被人杀"的残暴社会,更不愿成为残暴社会的主宰,向往一个斯文、光明的世界。他说:"知识同权力相比,我愿意得到智慧,放下权力。"于是他告别家乡,来到北京。他与自己的大姐夫有一段对话:

"你来北京,作甚么的?"
"我来寻找理想,读点书。"

"嗐，读书？北京大小书呆子，不是读死书就是读死书，哪有你在乡下作老总以后出息！"

"可我怎么作下去？六年中眼见在脚边杀了上万无辜平民，除了被杀的和杀人的留下个愚蠢残忍印象，什么都学不到！做官的有不少聪明人，人越聪明也就越纵容愚蠢气质抬头，而自己俨然高高在上，以万物为刍狗。被杀的临死时的沉默，恰象是一种抗议：'你杀了我肉体，我就腐烂你灵魂'，灵魂是个看不见的东西，可是它存在。"

为了拯救自己的灵魂，没有学历的沈从文幻想到北京考进一所好的大学，但不是看不懂考卷，就是交不起学费。虽然以自己出众的才气挤进了文学的殿堂，但他内心总是更向往大学，向往都市中的上流绅士社会。在京城的文人雅聚中，他衣衫褴褛，不修边幅，这位从边城来的"乡下人"为都市中的文人绅士所侧目，但无地自容的自卑感更激发起他挤入上层社会的强烈欲望。如果说丁玲对绅士阶级是愤怒的话，那么，沈从文则是嫉恨。愤怒者要从外部打倒它，而嫉恨者则要进入它的内部。

然而，以"乡下人"的气质，沈从文不仅与左翼无缘，其实与绅士在精神上也是格格不入的，终生皆是如此。他在给丁玲的一封信中如是说："绅士玩弄文学，也似乎看得起文学，志士重视文学，不消说更看得起文学了。我既不是绅士又不做志士，我只是一个热爱文学的作家。"沈从文对胡也频这样的志士是敬而远之，对高高在上的绅士又可望不可即，在志士与绅士、左翼与自由派无尽的笔战中，他只想守住文学中的自己，一颗独立而倔强的灵魂，虽然身体最好安顿在绅士的安逸之中。

现在回过头来说丁玲。文学青年进入都市，最后是否走上革命的道路，最早的起因与家庭出身不无关系。我发现，许多左翼文学青年都有共同的家庭背景——破落的士大夫或地主官僚家庭。若是贫家子弟，他所向往的只是安安分分地往上流动，在都市里找到一个稳定的职业，很少有叛逆的非分之想。若是大户人家出身，但又不破落，家庭会为他安排好锦绣前程，这些"官二代""富二代"一直要到一九三五年的"一二·九"运动之后，受亡国危机的刺激，才会投身革命。唯有那些风光过，又开始走下坡路的富家子弟们，从小感受到世态炎凉，敏感而愤恨，最容易为左翼思潮吸引。

丁玲就是一个很好的例子。她原本姓蒋，蒋家在湖南常德安福县是首屈一指的大户人家，一片一片的大房子，都属于蒋家。但丁玲的父亲是个纨绔子弟，分家之后，坐吃山空，给丁玲留下的印象总是躺在床榻上抽鸦片。丁玲晚年回忆说："总是讲蒋家过去怎么样显赫，有钱有势，有派头，可是我眼睛看见的，身临其境的，都是破败不堪，都是世态炎凉。"三岁的时候父亲死了，她从此在家族中受尽冷落、看够白眼。回到母亲的家,这个世代官宦之家也给幼小的丁玲灰暗的记忆。她一直记得,腊月时分,舅舅打丫头,把丫头捆在床前的踏板上暴揍,打人的脑袋像敲木鱼一样。丁玲说:"正是这两个家,在我心中燃起了一盆火,我走向革命,就是从这一盆火出发的。"

丁玲有一个新潮的母亲——向警予是她的同学,母亲从小给丁玲讲秋瑾和罗兰夫人的故事。丁玲在长沙求学期间受到陶斯咏、杨开慧这些新民学会的师生们影响,随后与后来成为瞿秋白夫人的王剑虹结伴到上海,先是在平民女校,后来在上海大学求学,在那里接触到瞿秋白、施存统、茅盾、李达等最早一批知识分子共产党员。但丁玲并没有加入共产党,她要自由,要飞翔,心里在想:"共产党是好的。但有一件东西,我不想要,就是党组织的铁的纪律。我好比孙悟空,干吗要找一个紧箍咒呀。"连欣赏她的瞿秋白也不赞成丁玲入党:"你嘛,飞得越高越好,飞得越远越好!"

当丁玲与胡也频、沈从文相识的时候,她只是一个激进的文学青年,怀着与沈从文同样的梦想:做一个出名的小说家。然而,丁玲与沈从文是完全不同类型的人。李辉如此比较说:"以性格而言,沈从文温和,丁玲泼辣;沈从文以一种虽然带着愤激、但总体是平和目光审视人生和社会;丁玲则以火一样的热情和疾恶如仇的目光,对待一切使她不满的生活和社会。"

仇恨，又找不到出路，于是丁玲早期的作品只有两个主题：苦闷与虚无。丁玲在平民女校的老师茅盾对她的了解最为透彻。他说："莎菲是心灵上负着时代苦闷的创作青年女性的叛逆的绝叫者，是五四以后解放的青年女子在情感的矛盾心理的代表者。"丁玲自己也说，莎菲女士"眼睛里看到的尽是黑暗，她对旧社会实在不喜欢，连同生活在这个社会中的人，她也都不喜欢、不满意。她想寻找光明，但她看不到一个真正理想的东西，一个真正理想的人"。

五四之后的中国年轻人当中，普遍弥漫着深切的精神苦闷。他们痛恨现实，在社会中找不到自己的位置，也看不到出路与希望何在，于是虚无主义成为一种时代病。大凡虚无主义者最后总是要寻求皈依，寻找新宗教，成为有信仰之人。丁玲的虚无是暂时的精神状态，她在等待一次命运的突变，一次终极性的精神皈依。

胡也频与其他四位"左联"作家的被捕，成为她命运的转折点。产后两个月的丁玲发疯似的，在冰冷的冬夜里奔走，到处托人营救，脚上生满了冻疮。曾经是丁玲老师的李达夫妇虽然早就脱党，但立即赶来，将丁玲母子接到自己家中。沈从文比任何人都着急，陪同刚做了母亲的丁玲去龙华探监，还找了徐志摩、胡适、蔡元培和邵力子，想把人捞回来。虽然自由派知识分子和国民党开明派对左翼作家的激进颇有异见，也频受左翼的攻击，但他们爱才，有同情心，也有基本的正义感。然而，蒋介石被党国内外众多前来说情的名人要员所激怒，手令将"左联"五作家即刻枪杀。

沈从文午夜十二点急匆匆赶来，将噩耗告诉丁玲。丁玲异常冷静，沈从文后来有一段非常细腻、充满感情的记述："作母亲的这方面，显出了人类美丽少见的风度，只是沉默地把熟睡的孩子，放到小小的藤制摇篮里去，小孩略微转侧了一下，她把手轻轻拍着那小孩子，轻轻的说：'小东西，你爸爸真完了，他的事情还不完，好好的吃喝，赶快长大了，接手做爸爸还不做完的事情。'"

李达凭自己丰富的人生阅历，再三劝告已经出名的丁玲专心写作，无论如何不能再参加政治活动。但丁玲不听，胡也频的死激怒了她，唤起了她内心的仇恨，她要为丈夫复仇，接过他未竟的事业。丁玲与沈从文不同，写作固然是她的生命，但当作家不是她的唯一，从幼年激发起的正义感始终燃烧着她的生命，而写作只是其中的一种方式而已。从此以后，投身革命将是更重要的道路。其时，共产党有道德的感召力，追求自由、平等和正义，对底层民众充满同情。像丁玲这样来自破落士大夫家庭的文学青年，本来就是奔着个性自由来到城市，他们充溢着浪漫主义激情，对社会的黑暗又满怀愤恨，对社会底层苦难深感同情。自由、浪漫、愤恨和同情，这四大激情都是通向革命的心理路径，丁玲统统具备了。之前她不喜欢组织，不想做一颗机器里的螺丝钉，想自由自在，不愿加入组织,但胡也频的死让她改变了。

丁玲加入了"左联",担任了红色刊物《北斗》的主编。原先她最喜欢写的小说题材是革命加恋爱,而后来她在光华大学演讲,面对慕名而来的"粉丝"们公开宣布:"革命与恋爱交错的故事,我觉得是一个缺点,现在不适宜了。"一九三二年,她在党旗下宣誓秘密加入了共产党。丁玲说:"我过去不想入党,只要革命就可以了;后来认为做一个左翼作家也够了;现在我感到,只作党的同路人是不行的。我愿意作一颗螺丝钉,党需要做什么就做什么!"

此刻的沈从文与丁玲,虽然还是好朋友,但胡也频死后,他们原来思想上就有的距离愈加遥远了。沈从文对朋友一往情深,护送丁玲母子回家乡,模仿胡也频笔迹给老人写信,为丁玲的《北斗》在北京组稿,但两个人终归分道扬镳,彼此的心灵渐行渐远。丁玲对沈从文回到北京与上层绅士阶级纠缠不清颇为不屑,认为他"不啻与虎谋皮"。沈从文回信辩解说:"我既不是绅士又不作志士……绅士骂不绅士,不绅士嘲笑绅士,这算是数年来文学论战者一种永不厌嫌的副题,我觉得真不必需!"

志士与绅士之间,沈从文选择的是"乡下人"的桀骜。他向往绅士的体面、文明和从容,但他的心灵永远是独立的、超脱的。他尊重志士,但怀疑浪漫的激情背后的幼稚与巨大的破坏力。而投身左翼阵营之后的丁玲,对老朋友渐生不满，觉得沈从文是用低级趣味看待人与生活，对革命者采取居高临下的怜悯与嘲笑态度。晚年的丁玲读了沈从文写的《记丁玲》，当她读到这一段：

> 一页新的历史，应当用青年人的血去写成，我明白我懂。可是，假如这血是非流不可的，必需如何去流方有意义？……自己根本那么脆弱，单凭靠一点点信心，作着勇敢的牺牲，牺牲过以后，对于整个理想能有多少帮助，是不是还有人作过一番考虑？

她怒火中烧，拿起笔在此处批示："我真讨厌你谈论革命。你懂得什么，只是庸俗的市侩。"

丁玲与沈从文，志士与绅士，孰是孰非？千古奇案，一切又重新来过，让今人选择，令人纠结。

## 郭小川：内心寂寞的激情诗人

郭小川这个名字，对于年轻的读者来说，已经很陌生了，但在三十多年前，对于我这一代人来说，是诗人的象征。

"文革"刚刚结束，革命激情依旧，当年最震撼人心、吸引年轻人的，不是《中国好声音》，而是诗歌朗诵会。还有什么比战斗的诗歌更能表达革命者内心的豪情呢？那个时候，几乎人人都是诗人。也就是在庆祝粉碎"四人帮"的诗歌朗诵会上，我通过电视转播，第一次听到了著名诗歌朗诵家瞿弦和诵读的郭小川名诗《团泊洼的秋天》：

> 秋天像一把柔韧的梳子，梳理着静静的团泊洼；
> 秋光如同发亮的汗珠，飘飘扬扬地在平滩上挥洒。
> ……
> 秋天的团泊洼呵，好像在香甜的梦中睡傻；
> 团泊洼的秋天呵，犹如少年一般羞羞答答。
> 团泊洼，团泊洼，你真是这样静静的吗？
> 全世界都在喧嚣，哪里没有雷霆怒吼、风云变化！

团泊洼是天津郊区的一处湿地，当年是文艺界人士下放的"五七"干校，郭小川的最后时光就在那里度过。这首诗写于一九七五年，诗人虽然身陷囹圄，内心却如团泊洼的秋天那般奔腾着激情的烈焰。一年后的秋天，"四人帮"被抓的喜讯传来，郭小川兴奋莫名，正准备回北京重返领导岗位，却死于意外的火灾。

他的一生，如同他的死亡一般，充满了谜一样的悲剧性。

出生于河北丰宁的郭小川，父母都是当地的教育家。儿子从小就有神童的美誉，父母为了他的学业前途，举家迁居北平。二十世纪三十年代的北平，已容不下一张平静的书桌，少年郭小川在"一二·九"之后投身抗日救国运动，奔赴延安，成为革命队伍中的一员。郭小川喜欢写诗，在戎马倥偬之际，写下了大量战斗的诗篇。新中国成立之后，他出任中宣部文艺处副处长，一九五四年以一组《致青年公民》轰动文坛。钱理群后来回忆说："我是读郭小川的诗长大的，《致青年公民》是为我们这一代写的诗歌。"

因为在批判"丁玲、陈企霞反党集团"斗争会上的发言，郭小川被中宣部部长陆定一看中，调作协任党组副书记兼秘书长。对于新的任命，郭小川非常惶然，他知道作协内部宗派林立，关系复杂，想推辞不去，但最后还是服从了组织，从此开始了自己的厄运。

到作协后的第一件事，就是重新调查"丁陈反党集团"的案子。作为秘书长的郭小川一遍又一遍地修改调查结论，既要符合组织的意图，又不违背事实根据，对得起自己的良心，每天搞得苦不堪言，在日记里留下许多怨艾："八时起，就为眼前这件事煎熬着，弄得心情非常之坏，似乎感到这文艺界的混乱状况是没有希望改变的。"因为最后他起草的结论中有让组织向丁陈"赔礼道歉"的词句，让周扬非常不满，埋下了日后不幸遭遇的种子。

"反右"开始了，一向紧跟毛主席、党中央的郭小川以诗人的豪情，写下了战斗的诗篇："在奸人发出第一声狞笑的时候/我没有举起利剑般的笔/剖开那肥厚的肚皮/掏出那毒臭的心脏。""今天，当右派分子还在奋力挣扎的时候/用我这由于愤怒和惭愧而发抖的笔/发出我的第一枪。"

诗人的声调很高，但精神是恍惚的。被斗争的作家都是他平日非常尊敬的前辈，他的内心在呼喊："一个有才能的作家受到摧残，是党的损失啊！"在"反右"斗争白热化的时候，他在诗中写道："我瞄准你们——三十年左右的老党员时，我的心痛苦而颤栗！而跟你们作战却是刮骨疗毒。刀刃进去一分，汗水就要落下千万滴！"郭小川出身于书香门第，尽管经历了太多的残酷斗争、无情打击，他的内心还残留着温情，残留着对知识分子的尊重。他爱才、爱文学、爱诗歌，他自己就是这样的人。对于那些有右派言论的同仁，他是高高举起，轻轻放下，总是希望斗争对象越少越好，只要别人不揭发，他都不提出来作为斗争的对象。如冰心、臧克家、韦君宜、黄秋耘，他都不主张划为右派分子。郭小川在中宣部的同事林默涵如此评价郭小川："他是左派，但他同情右派。有自由主义，党性一般般。"然而，作协的同事们对他很有好感，"感到他的稳重和善良。他不会搞过火的东西，不会使人觉得为私利整人"。

为私利整人，几乎是所有政治运动的通相。历史上和平日里积累的人事矛盾、思想纠纷、学术分歧，乃至鸡毛蒜皮般的摩擦，甚至仅仅因为看不惯，都能使当事者在运动高潮当中，以神圣的革命名义，公报私仇，对"私敌"大开杀戒。由于郭小川与同为作协党组副书记的刘白羽之间存在工作上的矛盾，到一九五九年党内"反右倾"运动时，郭成为作协内部的斗争目标。除了"严重的个人主义、名位思想""在反右斗争中有过右倾妥协的错误"等罪名之外，他最重要的错误，乃是写了《一个和八个》《望星空》两首诗歌。

那年郭小川四十岁。他是有抱负的，这个抱负不在于做大官，而是当大诗人。晚年的郭小川曾经与友人有一段对话。郭说："你看我的诗在全国占个什么地位？"友人答："说不来。"郭说："有人把我排在第一位，我看太高。我排在二三位是可以的。在运用韵脚上，我属第一，没有人能超过我。"自《致青年公民》一举成名之后，他写诗的欲望越来越强，远远超过了对工作的热情。当"反右"斗争如火如荼的时候，这位主持作协日常工作的秘书长，竟然诗兴大爆发，接连创作了三部长篇叙事诗：《白雪的赞歌》《深深的山谷》《一个和八个》。

《一个和八个》，是郭小川的代表作，上世纪八十年代初被第五代导演们改编成电影后曾产生过巨大的轰动，同名的电视连续剧也在后来播出了。然而，年轻的观众们很少有人知道，郭小川为这首传世的长诗吃足了苦头！诗歌讲述了一个名叫王金的共产党员，被诬陷为叛徒，与八个身为土匪、奸细和逃兵的罪犯关在同一个牢房。他以自己坚定的信念和人格魅力感化了这帮罪犯，在行将处决之际，匪首带头为王金求情。随后在反击日军的扫荡战中，"一个"带领"八个"，与八路军一起抵抗日本鬼子，共产党员王金以自己的忠贞证明了革命的历史合法性。

这部长诗郭小川酝酿了很久，在"反右"最高潮的一九五七年春天，几乎是一气呵成。据夫人杜惠透露，他写这部长诗，有鼓励她的意思。在延安"抢救运动"的时候，杜惠曾经被怀疑为国民党特务，蒙受屈辱。这一年，杜惠因为自己的耿直性格差点再次蒙难。她先是因为响应中直机关呼吁取消食堂里的中灶大灶的大字报，被下放到京郊一个中学去参加"反右"工作组，后来那个中学的一位老师对领导提意见，被领导打成右派，她又站出来仗义反对，差点自己也成了"政治立场不稳"的右派。郭小川为妻子的命运担心，又怕她从此灰心丧气，鼓励她像《一个和八个》中的王金那样，即令蒙受再大的委屈，也决不动摇对革命的信仰与追求。

郭小川是单纯的，他只想当大诗人。周扬经常鼓励青年作家，要当大作家，一定要言人之所不敢言，写人之所不敢写。于是郭小川冒天下之大不韪，写了一个共产党员的悲剧。在那个到处是讴歌的年代里，这是多么的不合时宜！诗稿写成之后，投给《人民文学》《收获》《诗刊》，几家刊物都很犹豫，不敢用。郭小川怀着忐忑不安之心，将稿子给周扬过目。周扬的回答是："我只看了个头，苏灵扬看了，她不赞成这个题材。"一九五九年"反右倾"运动的时候，周扬将稿子拿了出来，让作协批判帮助郭小川。与郭小川有工作矛盾的刘白羽组织了七次干部整风会议针对郭小川。要不是他当过王震的秘书，批判者有所忌讳，据说毛主席又亲自发话保了他，郭小川几乎就此翻船，结束了自己的政治生命。

郭小川在作协被伤透了心。那个大作家、大文豪云集的地方，因为文人相轻、历史上的恩恩怨怨，充满了残酷的倾轧和无情的斗争。善良的郭小川保得了别人，却保不了自己，几次三番申请调离，最终离开是非之地，到了人民日报社工作。"文革"来了，郭小川又被重新拉回作协批斗，挨批，也要揭发批判别人。有当事人回忆，郭小川在批斗会上不低头，也不怨恨，只是平静地站在那里，看上去像在思索问题。有些人骨头软，尽量满足"造反派"的要求，糟蹋贬低自己，而诗人不亢不卑，该怎么样就怎么样。

对于毛主席亲自发动"文革"，他不理解，却怀着对领袖的忠诚，尽量去理解它，不理解也要理解。他积极地交代、揭发，被人"吃"，也在"吃"着别人。他试图向党表忠心，向领袖赎罪，在运动中救赎自己罪恶的灵魂。但在私下里，他对朋友感叹：政治斗争真可怕！二十多年的党内阅历，唯一让他记住的教训便是相信群众，相信党的绝对正确，绝不怀疑。

然而，作为人，他还有为人的良知；作为诗人，他还有诗人的直觉。他试图紧跟毛主席，却跟得很累，总是跟不上。他对家人悄悄地说："毛主席啊，我们真跟不上您了。"毛泽东逝世之后，他想写一首长诗悼念，当写到一九四九年之后，"想不尽呵/批判《武训传》/批判《清宫秘史》/远不是两部电影的"，他再也写不下去，陷入了无法摆脱的迷惘之中。

在"五七"干校的时候,郭小川与同样是诗人的牛汉交上了朋友。牛汉是"胡风分子",郭小川曾经斗争过他,"文革"中却成为了同病相怜的难友。牛汉对郭小川说:"你太革命了。"郭小川喃喃地说:"是啊,我不懂政治,现在的政治我真不懂啊。"

激情的诗人,内心是寂寞的,豪情万丈的诗歌背后,是无尽的悲凉。三十年前年轻的我,读不出来。现在,我懂了。

# 从边缘走向中心的黄埔军校知识分子

在二十世纪的中国，有两所学校对中国历史产生了巨大影响：一所是众所周知的北京大学，没有北大就没有五四的新启蒙，二十世纪中国文化的历史就要改写；另外一所却往往被人忽视，那就是黄埔军校。黄埔军校之所以如此重要，是因为它在二十世纪上半叶对中国的政治、军事产生了巨大影响。活跃在二十世纪中国政治、军事舞台上的重要将帅们，无论是国民党还是共产党，很多都是黄埔军校出身。虽然他们曾两次在战场上厮杀，似乎是面对面的敌人，但他们却有共同的历史背景，分享在黄埔所得到的共同教育，这使得国共在历史上有过两次合作，未来也许还有第三次合作的可能。当我们研究二十世纪的中国时，不要忘记这所与北大一样重要的学校。

关于黄埔军校，已经有不少的研究成果，我想着重从知识分子的角度来看黄埔的学生们。北大是一所大知识分子云集的学校，而黄埔可以说是以小知识分子为主体，更确切地说，是以学生知识分子为主体的学校。黄埔的历史和活力都和学生知识分子的性质有关。一九二五年开始的国民大革命，事实上也是一场以学生知识分子为主体的革命。

要了解黄埔军校的产生，首先要了解三个历史背景。

第一，一九〇五年的科举制度废除。从知识分子的角度来说，科举制度的废除，重要性完全不亚于辛亥革命。读书人原本与国家制度密切相关，晚清时期的很多读书人即使从事其他职业也依然继续考科举，甚至同盟会里的一些年轻成员，一边搞革命也一边考科举。科举制度的废除使得读书人的发展有了多元的可能，读书人开始分化了：其出路不仅是读书做官，而可以从事不同职业，其中很重要的是从军。宋代以后，中国军人的地位一直不及文人，所以有"好男不当兵"的说法。军人的地位一直受皇权压抑，军人战功再显赫，也不及文人在皇帝面前吟一首诗。这个状况到晚清后开始出现了变化。为镇压太平天国革命而崛起的湘军、淮军的出现，意味着军人的地位开始上升。随着亡国灭种危机的加深，在"军事救国"的号召下，大批读书人到日本、国内的军事学堂求学，参军成为热门的就业路径。

民国以后，新式学校替代了旧科举。新学校培养出大量新式知识分子，数量比以前从科举制走出来的秀才、举人要多得多。但当时现代化还未充分发展，社会需求并未同步增加，民国之后很多新式学生特别是中小学生出现了"毕业即失业"的情况，甚或还有一些留学生，回国后找不到自己心仪的职业。这些学生受到新式教育，对自己的前途充满各种乌托邦式的期待，希望向上流动却得不到机会，又看到社会的种种黑暗面，这些对社会不满、充满潜在革命性的学生知识分子恰恰是黄埔军校的主要生源。这个群体实际上属于游士阶层。在中国历史中，凡到乱世，就会有游士阶层和游民阶层的出现。相应的，两个阶层的出现以及互相结合就预示着乱世的到来，社会必将经历一场大动乱或大革命。民国初年恰恰具备了这些条件，这些学生知识分子后来成为黄埔军校的核心成员，影响着二十世纪的中国革命。

第二，一九一九年的五四运动。五四运动是一场学生的爱国运动，同时也是一场公民的社会运动。现在讲到五四，较多强调五四运动的爱国意义，但当年五四的领导者如傅斯年、罗家伦，更多地强调这是一场公民自觉的社会运动。这场运动一无武力支持，二无金钱支持，但竟然取得胜利，这是从未有过的。五四运动的胜利带来了"双重发现"：一方面，让学生发现了社会。民国初年知识分子普遍的希望寄托在政治之上，但五四运动让学生发现了社会具有强大的改造动力,特别是上海"六三"运动的支持,让学生意识到可以通过社会运动来改造中国。另一方面也让社会发现了学生。当时各个党派,无论是国民党、共产党、青年党还是梁启超的"研究系",都发现除了依靠军阀外,还可以依靠学生,通过观念的力量动员民众来获得胜利。五四运动之后,各派政治力量都开始积极争取学生,谁争取到学生精英,谁就掌握了革命的主动权。国民党也开始注重学生工作,注重舆论宣传和观念引导,通过这种方式争取革命主动权。

第三,一九二五年的"五卅"运动。在此之前,有个很重要的事件,就是南北政府先后取消了法统,即取消了国会。孙中山建立了大元帅府统帅军事和政治,北方则成立了段祺瑞执政府。这个重要的变化表明民国初年以来以国会为核心的法统失去了合法性,然则新的政治合法性何在?革命于是呼之欲出,代替法统成为新的政治合法性。革命高潮到来之前学潮汹涌,其中有一半发生在中学,学生群体政治意识高涨。"五卅"运动标志着国民大革命的开始,社会各阶层都积极参与。

经历了这三个事件,可以看出,黄埔军校成立前夕,社会已经开始动荡,学生已成为这场社会运动中的核心和主体。一场大的社会运动需要主义,需要动员。受五四运动的启发,革命者们意识到革命不仅需要"枪杆子",还需要"笔杆子"。过去的军校,无论是保定军校还是云南陆军讲武堂,都只有"枪杆子"而没有"笔杆子"。但黄埔军校与它们不同，黄埔的特点是"枪杆子"加"笔杆子"，除了军事之外还有主义，因此，黄埔军校需要从社会中游荡的大量学生知识分子当中寻找自己的生源。

黄埔军校的招生条件明确说明，报考条件是高小毕业且在中学读书一年以上。我们可以看到，黄埔时期的黄埔学生，即黄埔前六期的学生，除个别有大学背景外，大部分都是小学毕业，或在中学读过几年书，然后经由各种社会关系介绍来报考黄埔，基本都是中小知识分子。

从家庭背景来看，有的学生来自书香门第，有的是城镇居民，有的是乡绅子弟，但大部分是农民的孩子，而且很多来自中下等生活水平的家庭，甚至有一小部分家庭贫困，生活艰难。黄埔的学生可以说是"有些知识但又没有充分知识"的学员，基本来自社会底层，这和北大完全不同。北大以大知识分子为主体，大知识分子在民国以后居于权力和文化中心，但已经开始与社会脱离，部分还与上层结合。小知识分子则不同，他们处于权力与文化的边缘，介于知识分子与大众之间，有知识又接近社会，用今天的话讲就是"接地气"。所以他们更有革命性，也更容易与他们要发动的对象——工人与农民打成一片。

并非巧合的是，黄埔军校是一九二四年创办的，在其前一年，北方著名的保定军校停办了，大批的知识分子纷纷南下到黄埔从军。这样一来导致南北方失衡,北洋政府很难再争夺到优秀的年轻人。而大革命期间的广州可以说是"学生的广州",国民政府中的领导者多数也是学生出身,因而被称为"学生的政府",南方军队也被称为"学生的军队"。

二十世纪中国的三场大革命:辛亥革命、国民革命和新民主主义革命,其领导层基本上都是以小知识分子为主体。他们一开始在政治和权力的边缘,逐渐走向中心。黄埔军校的小知识分子们,逐渐从黄埔出发,走向中原,在中心大舞台上扮演了核心角色。

辛亥革命实质上是一场地方对中央的革命。辛亥革命后,各地封建割据,形成了民国初年强烈的"地方性"特征。受此影响,民国初年很多学校都具有"地方性"。但黄埔不同,虽身居南国,却面向各地招生,类似今天的国家重点大学。当时黄埔的学生来自五湖四海,以黄埔四期为例,学生不仅来自全国二十五个省份和地区,还有归国华侨,甚至有朝鲜人和越南人。以黄埔为中心的国民党党军打破了湘军、淮军和北洋军队的地方主义,是一支以党为核心、由五湖四海精英组成的军队,它已超越了"地方性"。这也是它最后能战胜北洋的一个重要因素。

尽管如此,传统的血缘、乡缘和学缘关系还是以各种方式渗透到黄埔学生中,因为最初学生们多数都是通过亲戚、同乡、老师和同学等介绍来报考黄埔军校的。过去的历史研究较多地强调黄埔内部的分歧是国共间的分裂、意识形态的分裂，但仔细研究发现，黄埔学生内部之所以形成不同的团体，不仅有主义的、党派的分歧，血缘、地方、学缘的因素也同样重要。过去过于强调黄埔内部党派的区别，而实际上黄埔内部的地缘网络也起到非常重要的作用，尽管这方面的研究现在还相当薄弱。地缘网络在中国革命当中始终潜伏，成为影响革命内部分化组合的重要元素。

黄埔最重要、最具影响力的是她有自己的精神，所谓黄埔的革命精神。这个精神从哪里而来？乃是从主义而来。五四运动后，决定中国政治的不仅有"枪杆子"，还有"笔杆子"。到了五四运动晚期，启蒙运动已分化为各种各样的主义。当时最流行的是各种新式的主义。国共合作时期的黄埔知识分子，有思想有信仰，并且掌握白话文，便于动员民众。二十世纪二十年代是主义的时代，各种主义如雨后春笋。

说到主义，我想特别强调黄埔学生中的理想主义精神，这是今天非常稀缺的一种精神。理想主义可以说是一种青春的精神或学生的精神。这种精神源自五四，而黄埔学生很好地继承了五四精神。我们可以看到黄埔军校虽然条件简陋，但学生个个精神饱满，生气勃勃。黄埔一期、二期的学生是东征主力军，他们不怕死的战斗状态就是因为有这样的精神作支撑。

黄埔军校当年着重培养学生的三种"力"：第一是军事力，第二是组织力，第三是动员力。军事力一般军校学生都有，组织力则不一定，而动员力，即动员民众的能力，只有黄埔学生才具备。这个动员力很大程度来源于俄国。黄埔军校模仿苏俄的党军体制，在军队内部设立政治部，配有政治教官，具备很强的动员力。这是北洋军队没有的。北伐之后，很多北洋军队倒向国民革命军后，第一件事就是要求"赶快派政治教官来"。

当年的黄埔学生有这么强的动员力，他们的信仰什么呢？过去的研究经常强调，在黄埔时期，三民主义和共产主义已产生各种分歧、内斗，但这个说法过于夸大了。实际上在一九二七年国共分家之前，黄埔内部各种主义的争斗并非主流，因为其时国家主义、社会主义等各种新思潮不断涌进，孙中山都认为它们与三民主义是一致的，而对大部分黄埔学生而言其实全都是"拿来主义"，兼容并包。他们并不清楚这些主义之间的细微差别。黄埔为何有如此强的战斗力，以黄埔学生为主体的国民革命军为何能取得北伐的胜利，这既是国共合作的结果，也是主义互相包容的结果。

不同的主义越是能够互相包容，中国就越有希望；相反的，一九二七年以后，主义分裂了，国共分裂了，大革命也就终结了。黄埔军校的历史告诉我们：主义携手，黄埔就有活力；国共合作，中国才有希望。

## 生活不在于做了什么,而是不做什么也很充实

在美丽的西子湖畔杭州,有两个城市的英雄,一个是闻名全球的阿里巴巴帝国掌舵人马云,另一个是王澍。

普利兹克奖是国际建筑界的最高奖项,二〇一二年出现了第一位中国建筑家的名字:王澍。王澍是谁?不说一般公众,连国内建筑界许多人之前都没有听说过他。一位名不见经传的小人物,竟然抢在诸多建筑名家前面,摘下了建筑诺贝尔奖的桂冠。

王澍的母校东南大学建筑学院的老师们吃惊了:"就是那个目空一切的狂妄小子吗?"这个学生在大二的时候,便宣称没有老师可以教他了。他们还记得王澍骄傲地说过:"中国

只有一个半现代建筑师,半个是我老师,一个就是我!"读研之后,在一次学术研讨会上,王澍的发言语惊四座。他从梁思成开始,一路点评到自己的导师,将现代中国建筑史的大师逐一批判,最后提出了一个"三无理论":中国没有现代建筑理论,没有现代建筑师,也没有现代建筑!这个发言后来扩充为硕士论文,题名为《死屋手记》,论文答辩全票通过,学位委员会却不肯给他学位,太狂妄了!虽然老师们看不懂他在说什么。

这样一位不知天高地厚的小狂人,短短二十年间,是如何脱胎换骨,登上世界建筑师巅峰的?王澍出版的《造房子》一书,透露出其中的秘密。近年来,名人自述的出版如过江之鲫,但有智慧、有韵味的实在太少,而王澍的这本,是一本难得让我读了放不下的好书。

王澍的大学时代,是火红的、热烈的八十年代,那是一个到处奔腾着"黑马"与"狂人"的激情岁月。入学不久,让王澍经历的第一个精神震撼,是听钱锺韩校长的训话。他是钱锺书的堂弟,在欧美游学八年,像陈寅恪一样,没有完整读完过一所学校的课程,也没有拿过任何一个大学的学位,他的游学生涯几乎都在大学的图书馆度过的。但回国之后提出的一个"钱氏定理",让他成为了众望所归的学界权威。钱校长对学生们劈头就说:"你们不要迷信你们的老师,你们的老师可能前一天根本没有备课,你要认真准备的话,你用三个问题,一定会问到他在台上下不来的！"这，才是校长心目中的好学生，而不是乖乖记笔记、背要点的"学霸"。

王澍决心往这个方向努力。他整天耗在图书馆自学苦读，从建筑、艺术到哲学、历史，天马行空，无不涉猎。八十年代的大学生，是天之骄子，王澍所在的班级，被戏称为"大师班"，连每次作业不及格的学生，都自以为是大师的胚子，与老师争执"为什么给我不及格"。王澍是狂徒中的豪杰，有同学这样形容他："每次当你从走廊那头走过来，我们都感觉不是一个人，而是一把刀走过来，那把刀是带着寒风的，大家会不自觉地避开。"

狂妄是要付代价的，一九八八年研究生毕业了，却没有拿到硕士学位。王澍选择到了杭州，与妻子陆文宇在西湖边过半隐居的生活。王澍祖籍山西，在乌鲁木齐出生长大，高高大大，是一条北方汉子，而陆文宇是娇小玲珑的南方人。偏偏妻子强大的精神定力，驯服了王澍身上的蛮性与骚动，让他变得宁静下来。当大学的同学们借建筑业繁荣的天赐良机，接单接到手软的时候，王澍在被人遗忘的角落，靠妻子的工资养活自己，偶尔打一份零工，赚一笔小钱。这情形颇有点像成名前的电影大师李安，在家赋闲六年，也是靠太太的收入养家糊口。

天降大任于斯人也，必先苦其心志，劳其筋骨，更重要的，是让其孤独与受难。不是在受难中枯竭，便是在孤独中升华。没有那段长达十二年的修炼期，很难想象有今天的王澍。陆文宇似乎是上帝派来拯救他的天使，让他变得从容，让他明白：生活不在于做了什么，而是不做什么，依然也很充实。王澍承认："我那种文人的骄傲是早年就养成的，认识妻子以后，抹平了大半。事实上她对我的最大的影响，更是关乎心性的修养——比如一整天不干什么，人的心灵还很充满。"他在书的自序中有一段诗意的话：

> 我晒太阳，看远山，好像想点什么，好像没想什么。我能这样度过整整一天。你能看到，春天，草变成很嫩的绿色，心里一痒。当我用一种缓慢的、松弛的、无所事事的状态来看它的时候，就不一样了。无所事事是很难学的一门学问。但我逐渐学会了，无所事事时，突然间脑子里有东西闪过，站起来，一提手，把该画的东西画出来，再不需要像以前那样憋着想，这样还是那样。

狂人时代的王澍其实只是一个愤青，一个救世心切、傲睨众生的俗儒。是妻子的精神熏陶、杭州的自然山水，改变了他的性情，将他生命中原有的超凡脱俗的道家气质激活。一九九七年，夫妻俩成立了一个工作室，名为"业余建筑工作室"。业余是一种精神，而不是一种状态。萨义德说过，知识分子本质上就是一种业余精神，不为稻粱谋，只是满足自己的内在精神需求。业余是游戏，是娱乐，是休闲，是闲暇，是与一切功名利禄、急功近利无关的东西。从容不迫，自然而为。标准化的工程设计只能制造平庸，最好的艺术、最顶尖的作品，都是贵族的闲暇产物，都是业余时段的不经意结晶。当王澍说"无所事事是很难学的一门学问"时，他是深得其味的。唯有面对大自然，放松身体，放下心情，放空大脑，艺术的灵感才会不期而遇地浮现。那是一种可盼不可求的"遭遇"，是心灵与自然默然对话的"邂逅"。排除了欲望，放空了自我，才会有充盈的智慧。

当王澍同济大学博士毕业，曾经有机会留在上海，但他不喜欢这个过于张扬、喧嚣的大都市，周遭是那样匮乏自然的灵气，到处都是人工化的造作。上海让他不自在，让他找不到生命的本源。他选择回到了杭州。杭州不是他的家乡，但从他第一眼看到西子湖的山水，就意识到这是他的精神原乡。二十多年来，他与杭州，就像庄周梦蝴蝶一般，物我两忘，浑然一体，人在自然之中，自然在其心中。他很庆幸自己选择了杭州，那不是看上了一个城市，而是一种心境、一种生活方式的选择。他喜欢杭州的原因很简单，那就是"平淡"。平淡，意味着空白，意味着意境，意味着一切创造的可能。

《造房子》一书，谈得最多的，竟然不是建筑的工艺，而是心性的修炼。他在自序中反复强调："心性自然了、滋养了，你就朦朦胧胧发现，你想做的建筑，要传达那种文化里最好的状态和精神，想用一种很急的心态是做不出来的"。在他看来，有两种建筑师，一种是只想做重要的、功利的建筑，还有一种是不在乎这个建筑是否重要，而只是希望做得有趣。王澍说："建筑于我，只是有闲情时，快乐地为自己安排的事情。"

在闭关的十二年里，王澍每天都在学习古典文化。只是他的学习，与当代人不同罢了，不仅用大脑，也用心灵。大脑是思考的，心灵则是体验。青年时期的王澍，只手推倒了一味模仿西方的所谓现代建筑大厦，但不知新路究竟在何方。此刻的他，渐渐探索的是一个基于江南文化传统、与自然融为一体的古典营造法。是的，是"营造"，而不是"建筑"。建筑太主观、太理性、太人工了，而中国古典的营造，按照王澍的理解，是"一种身心一致的谋划与建造活动"。在课堂里、在知性的结构中是无法揣摩传统营造的精髓所在，重要的是身临其境的感觉，特别是心灵的感觉。他反复揣摩古代文人的风景山水画，无数次地徜徉在苏州的留园、沧浪亭、狮子林，聆听风声雨声落叶声，在安宁的时空里捕捉古典精神的幽幽之魂。

江南的园林，蕴藏着文人士大夫的精神灵魂。王澍着迷于园林，园林之于他，是迷思之地，仅此而已。他在想起了罗伯·格里耶笔下缓缓流淌的文字：

我喜欢中国南方……它最后完全睡着了，而它那梦游者般的沉重、缓慢、颠簸着的移动却没有中断。不久,它也进入梦中,他想象水波荡漾着他的睡意。

他与它,不是主体与客体的粗暴占有,而是我与你的肌肤相亲,心心相印。王澍如同梦游者一般出没于园子之间,与它们喃喃私语。他突然体悟到,"造房子,就是造一个小世界",而建造一个世界,首先取决于人对这个世界的态度。江南的园林,是一种有生命的活物,造园者、住园者、观园者,是与园子一起成长的,造园难,养园更难,懂得观赏园子的,又何尝容易?人与园子相通,无非两个字:情趣。不知情趣,休论造园。王澍说:"情趣,如此轻飘的一个词,造就了真正的文化差别。"与情趣相比,建造技术要次要得多。建筑界的不少人最喜欢说的一句话是:我们只是技术人员,客户让我们干什么就干什么,只要做好技术服务就是了。王澍非常不以为然:"如果整个中国建筑界都是如此的话,我就宁可当个'业余'的建筑师!"

这位特立独行的设计师,与他所处的时代是如此的格格不入。一个"大干快上"的时代,第一崇拜的是效率,第二是实现效率的技术。各行各业,从建筑到学术,皆只认效率与方法,唯独不知情趣为何物。当你谈情趣的时候,会有人撇撇嘴,不屑一顾:"情趣能当饭吃吗?"当一个社会人们将所有问题都归结为"吃饭"的时候,这个社会必定是平庸的、粗糙的、乏味的，不再有情趣，不再有卓越，这世界不再令人着迷。如同钱理群所言：在这个时代，有知识者而没有文化，有文化者而没有趣味。

王澍，正是这个时代的另类。他常常说："我首先是个文人，而且还是十七世纪的文人，只是碰巧做了建筑师。"王澍的所思所语，似乎出自一个富有心性哲理的文人士大夫，而不像人们所熟悉的那类工匠式建筑师。王澍在大学期间泡图书馆的时候，一半时间读的是西方哲学，他一发言，听众还会以为他是哲学系的学生。在杭州隐居十二年间，他又潜修了中国古典文化，从园林、文人画到诗文、音乐。中西古典文化在他的脑海里面渐渐不再冲突，而融为一体。在当代中国，很少有一个建筑师，像他这样有思想、有士大夫的古典情趣，有不可救药的文人气。倘若没有了这些，王澍的营造便没有了灵魂，只是夸张的、变形的、哗众取宠的一堆物态。许多中国的同行看不出王氏风格背后的精神所在，幸运的是，道行同样很深的普利兹克奖的国际评委们，读懂了。

假如王澍只是有思想、有情趣、有文人关怀，那么，他充其量不过是一个建筑思想家。不，这个营造者最厉害的，不仅有思想，还能干活儿，擅长将抽象的精神物化为可感觉、触摸的肉身。他的动手能力从小超人一等，一部分源自天性。王澍的爷爷是有名的八级木匠，遗传基因让他从小就爱干活儿，特别是那些技术活儿、工匠活儿。在大学期间，他构思的作品在草图阶段老师看了摇头,觉得不可思议,但他偏偏有本事做得出来,工艺上出类拔萃,让老师不得不给他一个"优秀"。在隐居的十二年间,他不仅读书、观赏、修行,而且经常下乡,挽起袖子与工匠们一起干活。每天与工匠们早上八点上班,干到晚上十二点再一起回家。他要弄明白每一块瓦是怎么做出来的,每一根钉子是怎么钉进去的,因此在工艺上也非常自信:"到今天为止我做任何东西底气十足,是因为最低的那个底牌我都已经摸过了。"王澍夫妇在中国美院带了许多学生,如今的大学教学体制重理论、科研与设计,几乎不教如何亲自动手,解决工艺上的难题。但王澍夫妇对学生的基本要求却是"能劳动",要把建筑学院的学生培养成动手制作比工学院更有感觉的"会思想的哲匠"。

王澍所梦想的城市乌托邦,不是那些充斥着"鸟巢""鸟蛋""大裤衩"之类过于嚣张的建筑空间,而是接上了中国古典传统的平淡而又有诗意的生活世界。他深有感叹地说:"中国曾经是一个诗意遍布城乡的国家,但是今天的中国,正在经历一种如同被时间机器挤压的快速发展。……在过去的三十年,我们经历了西方在过去两百年发生的事情,一切都无暇思考,曾经覆盖整个中国的那种景观建筑和城市几乎完全消失了,残存的部分也支离破碎,几乎无法再称之为一个诗意的系统。"其背后的原因,王澍认为乃是"我们身处一种由疯狂、视觉奇观、媒体明星、流行事物引导的社会状态中,在这种发展的狂热里，伴随着对自身文化的不自信，混合着由文化失忆症带来的惶恐和轻率，以及暴富导致的夸张空虚的骄傲"。

　　王澍的建筑理念，是自然、人与建筑的三位一体。中国文化最重视的是天、地、人，如果说天象征自然，地代表建筑，那么，天、地、人三个要素并非如西方那样，是主体与客体的对立，或者是一场争夺主体的战争，建筑与自然、建筑与人之间，应该是默契的相处、有对话的和谐，如同李白所言："相看两不厌，唯有敬亭山。"中国文化的最高境界是天人合一，作为人工营造的产物，建筑本身就是自然的一部分，服从于自然的天性与则。王澍坚定地认为："在中国的文化传统里，建筑在山水自然中只是一种不可忽略的次要之物。换句话说，在中国文化里，自然曾经远比建筑重要，建筑更像是一种人造的自然物。"

　　王澍的代表作中国美院象山校区，坐落于山脚之下，从接受设计的第一刻起，王澍就认定，山是校区的中心，是灵魂。象山不高，却是自然的、神圣的，校区所有的建筑都要以山为对话对象，不是建造巨大的楼房去压倒小山，表现人定胜天，而是以谦卑的姿态将建筑融于山水之中，化为大自然的血脉。校区落成后，有个记者如此描绘："整个校园仿佛是一个安静的江南村落。白墙黑瓦的教学楼前是一片片灿烂的向日葵，还有一亩亩绿油油的麦田。散落在校园各处的河塘边，一丛丛芦苇在风中飘荡。"如今中国的大学新校区，皆是以齐整、开阔、宏大为蓝本，甚至千篇一律，王澍设计的象山校区却更像一处山坳里的村落，质朴、平拙、自然，不经意间散发着宁静的魅力。

　　钢筋、水泥和玻璃幕墙，是许多人对现代建筑的终极想象，离开了它们，似乎不再有现代化。然而，中国传统建筑的核心元素却是砖瓦，江南民居就是一个砖瓦所砌就的世界。王澍的几大代表作，无论是象山校区，还是宁波博物馆，都是由几百万片从各地村庄拆迁回收而来的旧瓦砖重新砌造而成，它们历经几朝风雨，人间沧桑，历史就此凝固在建筑之中。宁波博物馆坐落于一片新区之中，领导看不懂王澍的方案："王老师，这里是宁波未来的曼哈顿，是新的CBD，你用这么脏的材料，做这样一个黑乎乎的东西在这里，与曼哈顿极不相称，到底是怎么想的？"反对的声音甚嚣尘上。但王澍执着地坚持他的理念："博物馆首先收藏的，就是时间。这种墙体将使宁波博物馆成为时间收藏最细的博物馆。"博物馆落成之后，轰动整个宁波城，原定每天三千位观众，却连续三个月人数破万。许多人围在旧砖墙边，指指点点：这块砖特别像我们家原来那院墙上的！一位当地的村民在一个月里去了四五次，王澍问他为什么，村民说："这个地方全部被拆光了，变成一个新城了，只有在这座建筑上我才能够找到过去生活的痕迹，我的历史记忆。"

二〇〇九年，王澍受命改造杭州的南宋御街。有官员问他："这条街就是一堆破烂，王老师准备怎么改？"王澍生气了："过去二十年杭州市中心的建设，才是整个一堆大破烂。恰恰是这条街看上去破，但还保持着一个美好城市的影子！"前不久我去行走这条被王澍改造了的古街，民国风格建筑的街道，被几座古色古香的骑楼分割，形成鲜明的历史断层。放大了的活字印刷模块，在街区成为耀眼的一景，仿佛置身于毕昇的同一个时空。脚底下用玻璃罩起来的历代街道横剖面，清晰地看到宋代、明清和民国的路面遗迹。特别让我眼前一亮的，是贯穿整个街道的水溪。那不是一潭死水，而是从吴山上沿着坡道缓缓流淌的一渠山泉，叮叮当当，顺势而下，让整个小街顿时充满了灵性与活力。王澍说：中国建筑文化最核心的是水，城市的核心也是水。有水则灵，水的流动，让残破的南宋御街重新获得了生命，很江南，很中国。

王澍这条北方汉子，一旦沾上了杭州的灵气，如同他所设计的建筑，有北方的大气、粗粝和质感，又有江南的细腻、温情与诗意，文质兼具，刚柔融合。成名之后的他内敛了许多，但内心依然卧藏着青年时代的傲气。他底气十足地说："影响城市未来建筑的两大标志性建筑，一个是北京的CCTV，另一个就是美院的象山校区，两者是截然不同的方向。现在中国城市里面所有高大威武的标志性的建筑，我看了都浑身起鸡皮疙瘩，象山校园其实是所有这些标志性建筑的反面，如果说它有一个对象的话，对象就是这些。其实中国的传统文化就像是一个弱势群体，象山校园是这个弱势群体以某种自信的方式在对他们发出挑战的声音。"

现在，他有资格、有底气说这样的狂话了。

「怀人」

# 第一代知识人的梦想

一九七八年的夏天,我与周有光老先生在他北京的家里曾有一面之缘,模糊的记忆中,那是一位乐观和蔼的学界长者。三十八年过去了,我从一个刚入大学的年轻人,步入了知天命之年,然而一百一十一岁的周老,还是那样的生气勃勃,洋溢着生命的智慧。

周老出生前的一年,绵延了千年之久的科举制度画上句号,传统士大夫因此失去了制度的根基,走向历史的终结。而周老出生的一九〇六年,也可以说是现代中国知识人诞生的元年,周老走过的百年人生,是一部浓缩的中国知识人大历史。他们是不幸的,经历了太多的革命、暴力、战争和苦难,但他们又是幸运的,纵览古今中外,又有谁能够像周老那样,跨越三个朝代、数度巨变,以亲身的所见所闻,见证了一个至今仍未完成的历史大转型?

周老毕业和曾经任教的光华大学,是我所服务的华东师范大学前身。他的身上有一种光华独有的精神:出身上层贵族,却倾心于底层民众;爱自己的国家,又拥有开放的世界胸怀。一九二五年的"五卅"运动高潮之中,为抗议校方不许爱国的蛮横,周老与五百多师生一起,决然从当时最顶尖的圣约翰大学出走,自创私立光华大学。我家的长辈当年与周老一起,也在这出走的行列之中。看着光华前辈留下的泛黄的历史旧照,我常常会想,当年这批绝顶聪明的优秀学生,是何等的血气方刚,置令人羡慕的圣约翰文凭于身后,仅仅为了守护一己中华国民之道德尊严?

第一代中国知识人,内心充溢着爱国激情,胸怀并不因此而变得狭隘。他们从世界的浩荡潮流当中寻求民族的复兴之梦,在全球的共同价值之中发掘祖国传统文化之美。周老先生年轻的时候游历日本、美国、欧洲,晚年从专业的高墙后面走出,以知识人的赤子之心,呼唤自由、民主、科学与全球化。百岁老人的身上,流淌的依然是年轻时洗礼过的五四热血。

周老所说的,无非是一些常识性的大白话,却也是常常被人忘记的启蒙真谛。在"改革已经到了深水区",却依然需要"摸着石头过河"的今天,在依然迷失于"打什么旗、走什么路"的十字路口,这个民族需要停下盲目而又匆匆的脚步,听一听一位经历百年沧桑的睿智老人的肺腑之言!

周老一百一十一高寿了,现代中国知识人也走过了百多年的历史。然而,第一代知识人追求的梦想只实现了一半:中国富强了,文明建构却依然任重道远,民族复兴的航船依然在历史的三峡之中行进,天上有乌云,水下有险流。我们从超常的发展中看到危机,也从点滴的进步中发现希望。儒者有孔夫子"知其不可而为之"的坚韧,西哲也有古希腊神话的西西弗斯推石上山的悲壮。从儒家传统中走来,又经历过西学熏陶的中国知识人,所继承的正是这种中西古典文明中相通的入世精神,只要有一丝希望,我们就要生命不止,划船不息!

作为薪火相传的后辈,我们由衷地为周老先生祝福,祝愿他健康长寿,能够在不远的将来,看到走出历史三峡的那一刻。

## 中国的"口述史之父"

二十世纪八十年代初,当我还是大学三年级的学生时,买到了一册《胡适的自传》,灰皮本,内部发行。不吃不睡,一口气读完,简直是如痴如醉。让我着迷的,不是胡适本人的叙述,而是文后那些长篇大论的注解,口若悬河,妙语连珠,狂放之气夺纸而出。狂则狂矣,却句句有来历,看得让人拍案叫绝,又心悦诚服。谁敢为胡适大人做点评?翻遍全书,终于找到了一个陌生的名字——唐德刚。

唐先生以八十九高龄,走了。走得很隆重、风光,海峡两岸媒体做足了文章,悼念这位在华人读者圈中享有盛誉的公众史学家。他的大名,与一连串脍炙人口的畅销书联系在一起：《胡适口述自传》《李宗仁回忆录》《顾维钧回忆录》《张学良口述历史》《梅兰芳传稿》《胡适杂忆》《晚清七十年》《袁氏当国》《史学与红学》。我记得十年前那本《晚清七十年》似乎还被查禁过。承蒙抬举，从此之后他的书愈加畅销，红遍读书界。

一个人红极一时并不难，难的是一世走红。《百家讲坛》的那些说书人，大多也是史学出身，论幽默、挑逗、讲故事的本领，岂是唐公可攀比，但那些说书人的结局大同小异：各领风骚三五月，雁过神州不留名。唐德刚未曾上过央视，书商们也从未刻意炒作过，为何他与黄仁宇一样，会成为长盛不衰、为几代读者所追捧的公众史学家？史学家可以说书，但说书人未必是史学家。说书人只需要有好口才、好记性，再加一点野史中来的噱头，史学家首先需要的则是功力。

唐德刚一九二〇年生于安徽合肥，一九三九年考入中央大学历史系，科班出身。抗战年代，在中央大学受过众多史学大家的熏陶，一九四八年放洋美国入哥伦比亚大学攻读博士。毕业后先在哥伦比亚大学图书馆工作，后去纽约市立大学任教直至退休。如此完整之履历，让喜欢放言高论的唐德刚有充足的底气，纵横捭阖，皆有所本，不仅读书多，而且会读书。他十几岁便通读《资治通鉴》，深谙中国政治中的帝王之术与人情世故，到了晚年写出来的《晚清七十年》《袁氏当国》，自然入木三分，有历史的穿透力。

在高度"学院化"的今天，只要吃史学这碗饭，且有些年头的，都可以大言不惭地自称史学家。中国的史学以求真自命，乾嘉考据向为学院正宗。然而，如今的史学教育，知识有余，智慧不足。缺乏智慧的史学，是死的知识、死人的历史。要让死去的历史活过来，让已死的人事变成活生生的记忆，唯一的办法是打一针智性的强心剂。史实是不传代的过去，而智慧是永恒的代际沟通。唐德刚之所以那么受青睐，乃在于他的身上没有学院派的"方巾气"，那种工匠式的知识卖弄。

他是一个智者，是一个有历史感的史学家。他好发议论，好为人师，好作惊人之语，虽偶有过头，但正是吸引人的魅力所在。史学倘若离开了智慧女神，岂非一张苍白的验尸报告？

唐德刚的文字，汪洋恣肆，纵横千里，放得开，又收得拢，形散而神不散。难怪中国文学史的权威夏志清教授评价他是"当代中国别树一帜的散文家"。史学是唐德刚的专业，文学是他的爱好，与他可以匹敌的，大概只有李敖。李敖蹲过大狱，威权所逼，多有戾气，属于才子加流氓式的文人；而唐德刚生活在民主社会，是一个心底单纯的老顽童，一个风流尽性的老派名士。一九八九年初春，他作为特邀顾问随同星云法师访问大陆，我在上海陪同王元化先生参与接待，顷见之下，果然人如其文，口无遮拦，有一股上下无碍、笑傲江湖的通达之气。

在唐公的众多著作之中，我以为最能代表其个性与风格的，莫过于《胡适杂忆》。当年他作为助手，协助胡适做口述历史。如今口述史已蔚然成风，不少人以为这是一个工匠的活儿，只需原原本本将录音整理下来即可。但唐德刚之口述史，岂止记录，还要考订，还要还原历史场景。这还不够，他还喜欢与传主对话、争辩、讨论。一场口述采访下来，唐德刚原本想为之写一个短序，不料洋洋洒洒，奔腾万里，篇幅竟然超过了正文本身，只能另行成书，遂有了《胡适杂忆》。

唐公是胡适最后一位私淑弟子，胡适是他心目中最为敬仰的老师。按照中国的传统，弟子本应"为尊者讳"，一生对老师毕恭毕敬，行颂歌之礼。偏偏这位唐德刚，洋面包大约吃多了一点点，"吾爱吾师，吾更爱真理"。在他的笔下，胡适老师不仅如大熊猫一般可爱、可憨，而且也像常人那样迂腐、懦弱。一旦名人被请下了神坛，还原肉身，反而在世俗中更显英雄本色。在汗牛充栋的胡适研究、回忆之中，除了余英时先生的那本《中国近代思想史上的胡适》，就属唐公的这本《胡适杂忆》最耐读。亦庄亦谐，一唱三叹，他写出了大时代中一个活脱脱的中国知识分子。

唐德刚，这位中国的"口述史之父"，按照古老的"三不朽"说法，他可以安息了。

## 上海学术界的"猛牛"

我想邓正来是倒在战场上的,他到生命的最后一刻还在战斗。他的病情是在一个多月前发现的。二〇一二年十二月二十二日,他还在主持复旦高研院的论坛,当时还生气勃勃。我们后来才知道他当时的病情已经非常严重了,他自己可能已经知道自己得病了,但是感觉他的精神状态就像一个战士一样,活跃在学术战场上。他那天好像意识到什么,晚宴的时候,特别招呼我过去坐在他旁边,大家一起痛饮茅台。

很难想象,一个月前的邓正来还这么生龙活虎,活跃在会场上,一个月以后他就走了。二〇一三年元旦过后,他就住进了医院。当时去探望他,我很少看到一个癌症晚期的病人像他那样的状态，目光炯炯，给我的感觉他就是在战场上，和一个新的敌人搏斗，非常亢奋。住院后的邓正来开微博了，他说要把同癌症的搏斗记录下来。他就是一个战士。这种感觉太强烈了，好像他在燃烧。所以我反而有点为他担心，跟他说这个病是持久战，不能一下子就把能量燃尽，要悠着点。但是他的性格就是这样，他需要敌人，然后敌人就会激起他的斗志。他这种精神意志力，我没看到过第二个。他在学术上是勇士，在病床上也是勇士。这一点给每个人都留下深刻的印象。最后的化疗击垮了他生命中的免疫系统，最后倒下了，走得这么快，谁都没想到。他是带着勇士的姿态告别人间的。这也吻合了他的一生。

我认识邓正来是在九十年代初，那是一个非常特殊的历史时期。八十年代的公共思想界非常活跃，那时候有三大山头，金观涛为首的"走向未来"，甘阳为首的"中国与世界"，汤一介、庞朴先生的"中国文化书院"，但是到九十年代初就陷入了沉寂状态。当时大家各自做自己的研究，精神有点涣散，看不到希望。当时的两本杂志我认为非常重要，一是金观涛、刘青峰夫妇在香港中文大学办的《二十一世纪》，二是邓正来主办的《中国社会科学季刊》。后者回过头来看，它的作用在当时特殊的年代，是不可替代的。今天来看这本杂志的编委和作者，都是一流的社会科学学者，有些在八十年代就是大腕，有些到九十年代还名不见经传，邓正来有这样一种能力把大家凝聚起来，还在北京组织活动。这本杂志最早讨论的问题，比如反思中国社会科学研究的规范化问题，讨论市民社会的问题，这些都是他最早提出来的。然后老邓还办了《中国书评》。和《二十一世纪》不同的是，《中国社会科学季刊》更多从社会科学的角度和方法，来切入对中国问题的研究，之前多是从人文和科学的角度，缺乏社会科学这一面。邓正来是法学出身，他对社会科学研究的方法论有相当的自觉。《中国社会科学季刊》的研究导向对整个中国学术界发展有里程碑式的标杆作用。

我记得一九九三年曾和他有过一次合作。当时我还在华东理工大学工作，华理文化研究所和《中国社会科学季刊》在上海开了一次会，主题为"市民社会与中国的现代化"。北京和上海来了一大批学者，是中国最早系统地来讨论和研究市民社会问题的一次盛会。这次会给大家留下的印象极为深刻。老邓是一个真正的帅才，他花了很多的精力，从九十年代开始组织各种各样的活动、讨论，把一流的学者凝聚起来。这既是他的能力，也是他的魅力所在。这一点是大家公认的。老邓还有一个优点，一般帅才只是指挥他人，但是老邓恰恰相反，他非常有实干能力，刻苦而实干。大家最敬佩的是他的翻译，他学外语出身，然后研究法学，故他的翻译能力非常好。他重译了哈耶克的《自由秩序原理》等一系列著作、布莱克维尔的《政治学百科全书》、萨拜因的《政治学说史》，甚至去世前还在翻译桑德尔的《金钱不能买什么》。所以他既是帅才,又有实干精神,既能干大事,又能做小事,这在今天是很少见的。他的翻译在中国学术史上就留下了浓重的一笔,网络上很多年轻的学者说他们都从邓正来的译介中受益一辈子。他有一种"拼命三郎"的精神,野心很大,九十年代主要在办《中国社会科学季刊》,这个杂志是他一手投钱办起来的。后来到了上海,格局就更大了,想把复旦高研院办成世界一流,所以他就揽了很多事情,同时在办五本杂志,后来几年甚至就睡在办公室了,没日没夜地工作。因为他早几年就有喉癌,我每次碰到他都会劝他要悠着点,当然这话起不了什么作用。

邓正来是在上海出生长大,然后去了四川,最后到了北京,所以兼具了这三个地方的特性。我觉得他有上海人的细致,做事非常细腻,对人非常关照,也有上海人的精明,做事踏实;他还有四川人的豪爽,讲究义气;最后是北京人的大气象。所以,中国南北文化的要素都在他身上体现出来了。他三教九流都能交往,有学界、政界、商界很多朋友,性格鲜明,在中国学术界可以说是独一无二的。后来他离开吉林大学,落户到上海复旦,好像上海学术界来了一头"猛牛",因为上海的学术界是比较中庸的,突然来了一个京派学者,给上海带来了一种新风气。他的雄心还不仅仅局限在上海,他更在乎的是全国乃至世界的影响。或许有人会说他有一点狂气和霸气,但是上海学术界缺的就是这样的人。二〇一二年春他受上海社联委托，讨论上海学术状况，我们一起开会，检讨上海学术的问题。上海文化界在民国时期的辉煌，也是因为全国各路英雄纷纷云集上海，使得上海文化非常多元。在计划经济之后，上海就变成了上海人的上海，非常单一，文化就开始萎缩。这几年上海又回复了新气象，邓正来到复旦是一个标志，他弥补了上海的短处，给上海和复旦带来了新气象、新格局，在海派学术中注入京派的雄浑、犀利、大气。当然他的一些做法有时候也会引起争议，我也曾经多次给他建议和忠告，但是不得不承认，从上海的格局来说，缺的正是老邓的这种大刀阔斧、大气势、大场面的风格。老邓走得太早了，我想他走后带来的缺憾是没人能够弥补的。所以从上海和中国学术界来说，是失去了这么一个不可多得的帅才。中国古人有"立功、立德、立言"一说，我想他至少在当代中国学术史上是立功了，做出了一番大事业。

我最敬佩老邓的，是他平时做学问时和面对死亡时超强的意志力、永不服输的劲头，和远在凡人之上的坚韧。老邓战斗到最后一刻，是倒在战场上，而不是被担架抬下来的。老邓不愧为当代中国学术界的豪杰和英雄。

## 那个美丽与知性的女性远去了

　　萌萌走了,带走了她的睿智、美丽和热情,永远地离开了。
　　关于她得病的消息,二〇〇六年春天就传了出来。听说她住在广州的医院,我与令琴想请朋友代为探望,送一束花表示一点心意。朋友说,她谢谢朋友们的好意,但谢绝大家去探望她。我们想,她是那样爱美的人,或许不忍让朋友看到她的病态,她的憔悴和她的挣扎。她宁愿让一个永远青春、优雅和热情的形象,留在朋友们的脑海中,成为记忆的永恒。
　　我与萌萌其实相隔很远。如今回想起来,彼此只见过两三次面,通过一些电话和信件。不过,人与人之间的沟通,有时候不是以次数计算的。有些人,你与他经常见面,却遥同路人。而另外一些人,虽然交往有限,却令人难以忘怀。

第一次见到萌萌,还是九十年代初。是时,八十年代中期"文化热"中形成的公共讨论和公共争辩骤然被打断了,但在"文化热"中残留下来的一个个文化人小圈子依然存在。当时,在上海,我们有一个小沙龙,经常举办一些读书、讨论等活动。我们听说湖北也有一个思想团体,以张志扬先生为领袖,正在研究最前沿的语言转向问题,于是便经过朱学勤的牵线,邀请他们来上海访问。

湖北、上海两个"思想部落"(朱学勤语)的见面,放在了一个非常隆重的场合:兴国宾馆。这是上海的国宾馆之一,当年毛泽东等京城领袖到上海视察,也经常下榻在这里。当时我们这个沙龙的"施主"——和平与发展研究所生意做得正顺,租下了其中的一幢楼,底楼那间富丽堂皇的会议厅,便经常成为我们沙龙聚会的地点。

当张志扬一行鱼贯而入的时候,萌萌的出现,几乎让我们"上海代表队"所有的人眼睛一亮:原来"湖北代表队"里面,竟然还有这样亮丽、高雅的知识女性!现场的气氛是严肃的,甚至有点肃穆,上海的朋友们只能将自己的惊羡暗暗吞进肚里,不敢表现。两边的人马围桌坐下,立即开始了讨论。志扬先生大谈欧洲所发生的语言学转向,很认真地告诉我们:德法论战(指的是哈贝马斯和德里达的论战)是多么的重要,多么应该引起重视。而我们这一边,可以说当时对后现代的知识还停留在前ABC的水准，听了不甚了了。

当时，八十年代的遗民们，对知识和学术怀有由衷的敬畏之心，那种认真和虔诚，是今天视学术为稻粱的俗儒们所难以想象的。我发现，在一桌人里面，神情最专注、身心最投入的，是萌萌。她注意每一个人的发言，不断地在自己的笔记本上记着什么。她不是那种在陌生的场合抢着发言、好于表现的一类人。看上去她很沉静，很沉得住气，即使在争论最激烈的时候，也表现出自己的风度。

终于轮到萌萌发言了。她有一点点紧张，但依然不失优雅。看得出来，在充满哲思的气氛中，她表现出了自己知性和形而上的那一面，一连串新鲜、刺激的专业术语，让"上海代表队"听上去有点晕。作为一个欧洲文学专业出身的女性学者，按理说是应该比较感性的，但萌萌有知性的追求和理论的兴趣，又整天浸润在哲学家的氛围之中，将感性与知性之间的紧张轻轻化解，她以哲理诠释文学，又将哲思诗意化。

这是我与萌萌的第一次见面。不久，听说他们集体离开湖北，投奔海南大学，在天涯海角发展自己的学术空间。很快，有一个机会，我又能见到这批在兴国论剑的朋友们了。一九九三年底，中国现代文化学会在海南召开一个大型的国际会议，会议地点就在海南大学。时隔两年，再见萌萌，感觉海南的阳光、沙滩和海风让这批武汉的朋友们滋润了许多，爽朗了许多。我与令琴去志扬家做客，去萌萌家做客，一起参加会议，还一起随同会议代表出外旅游，尽情地喝酒、聊天，颇过了几天神仙的日子。

在海南的那些日子里，萌萌在私下场合很活泼、热情，但在公共场合她依然保持那份优雅和矜持。毕竟是名门出身，她身上会自然而然地流露出高贵、典雅的气质，那是家族文化的积累和沉淀，不是一般人通过修炼能够成就的。萌萌的风度，在上百人的会议中依然鹤立鸡群，一位上海去的大师级教授，虽然走遍江湖，饱览才女，初见萌萌，还是惊为天人，到处打听：这是谁？哪里来的？

红卫兵这代知识分子，是革命理想主义的一代人。年轻的时候，他们深受俄国十九世纪文学的思想洗礼，在普希金的诗歌中长大，向往十二月党人的革命和浪漫。在他们的心目中，世界上最美丽、最高贵、最伟大的女子，便是十二月党人的妻子：出身贵族世家，具有普世的人道温情，坚定地忠贞于爱情。为了共同的理想和爱情，不惜放弃彼得堡上流社会的生活，跟随丈夫流放西伯利亚。

萌萌的出现，为这代人提供了想象的空间和膜拜的对象。我们沙龙中一位充溢着红卫兵精神气质的朋友，见到萌萌第一面以后，就惊叹道：她就是十二月党人的妻子啊！

到了海南以后，虽然地处边陲，但萌萌比以前活跃了许多，越来越显现出学术组织者的才华。在二十世纪即将结束的时候，她决定做一件事情，邀请中国知识界最有名的百位知识分子,每人写一篇短文,共同留下《一九九九独白》,那是对二十世纪的告别,也是对新世纪来临的憧憬。萌萌的想法得到了朋友们的支持,她给我来信,邀请我担任该书的编委,并希望我在上海组织一些稿子。我答应了,也约了一些沪上的名作者。然而,九十年代中期以后的知识界,已经发生了一些变化,名人们稿约很多,学校的事情也越来越忙。人心散了,组稿不再像以前那样顺利。碰到一般人,或许也就知难而退了,但萌萌对这书充满了期待和信心。有一段时间,她隔三差五给我打电话,要我落实已经约的稿子。在这一刻,我发现了萌萌的另一面,在她从容、优雅的背后,有一颗非常执着的心,有着坚强的意志。她有许多美丽的幻想,为实践这些幻想,她会坚韧地去追求,去努力。

由萌萌主编的《一九九九独白》在一九九九年由上海远东出版社出版了两卷。按照原来的设想,她想出到六卷,后来由于出版社方面的原因,不得不放弃了。我不知道萌萌在欣喜之余,是否还有些许遗憾。她喜欢自己著述,但她更喜欢邀集朋友,共同担当和完成共同的学术事业。她不是一个康德式的独思哲学家,她渴望公共生活,渴望志同道合的朋友,渴望有一份属于自己的杂志。

当萌萌离开以后,我最强烈的感觉,是为她惋惜,这是一个生错了时代的才女。倘若她早生半个世纪,岂非是又一个林徽因?以她的才情,她的美丽,她的人气凝聚力,营造又一个"太太客厅",并非不可想象的神话。可惜的是,经过半个世纪的风风雨雨,贵族精神也成了遥远的绝响。而九十年代以来公共领域的式微,公共知识界的四分五裂,山头林立,使得林徽因再世,成为一种过分的奢望。

萌萌的人气,还来自对朋友的赤胆忠心。她对朋友的事情,就像自己的事情一样热忱。二〇〇四年,我的痛失慈母的外甥女报考海南大学,我打电话给萌萌,拜托她关照。萌萌细心地安排好了一切,还主动为我这名学钢琴的外甥女找好了一个老师,一个她认为最好的、最合适的老师。她的细心,她的周全,她这种对朋友的赤诚,让我非常感动。我想,对她来说,我不过是众多学界朋友之中,并非特殊的一个而已,但她将朋友们的事情,当作自己的事情去努力。在如今这个越来越功利化的年代,那是多么稀罕的品质。

在她最后一封给我的信中,热情地邀请说:"什么时候你和令琴一起带儿子来海南看海?"是的,我与令琴已经十多年没有再去海南,我们的儿子虽然乳名文昌,却从来没有到过海南。在我们的记忆之中,海南的那片海,就像萌萌的为人一样,永远是湛蓝湛蓝的。我答应萌萌,有机会一定再去海南,看看那片海,也看看多年未见的海南朋友们。我也拜托她,如果海南有什么会,一定给我发个邀请。我本来以为,来日方长,机会有的是。萌萌像大海一样,永远向朋友敞开着欢迎的怀抱。万万没有想到的是,过了仅仅一年多,就听到了萌萌病倒的消息，又过了没多久，病魔就夺走了她风华正茂的生命。

一切来得太快了，快到让所有的朋友都唏嘘不已，感叹生命之无常，上苍之无眼。或许，我们已经老了，开始不得不经受同代朋友一个个离去的悲哀？是的，岁月无情，总有一天，我们每个人都会先后离去。不过，一想到在天穹的尽端，在大海的深处，有萌萌这样的朋友等待着我们，心里也就坦然了许多。

在那美丽的天堂里面，该没有人世间的黑暗和不义了吧？萌萌在那里可以尽情地实践自己的梦想了。

家国

## 以北京为"他者"的近代上海

世界上凡是幅员比较辽阔或者文化比较丰富的国家,通常都有两个中心:美国有纽约和洛杉矶,俄国有莫斯科和圣彼得堡,德国有柏林和法兰克福,英国有伦敦和爱丁堡,澳大利亚有悉尼和墨尔本,日本有东京和京都,中国则是北京和上海。这两个城市也代表了中国的南北文化,互为他者。

民国初年的文化人姚公鹤在《上海闲话》里面说,上海和北京,一个是社会中心点,一个是政治中心点。这两个城市作为一种互为他者的比较,早在民国就成为热门的话题,到一九三〇年还有一场非常热闹的京派海派大论战。

北京作为政治中心,其发达的不是地方政治,而是帝国政治或国家政治。因为在天子脚下，地方即国家，国家也是地方，是笼罩在国家权力的直接控制之下的。晚清以后的北京也形成了地方社会，这些地方社会是由士绅和商人所组成的，但是在近代的北京，并没有像近代上海那样强大的地方自治势力。北京当时也有地方精英，在二十世纪二十年代，北京有一位被称为商家泰斗的孙学士，他连任了三届北京商会主席，是京城当年地方精英的领袖，但是他在全国并没有知名度。

上海就不一样，从晚清开始，作为一个通商口岸城市，其政治权力一直是处于一种多元化的状态，无论英美、法国，日本，还是清廷、北洋，都不能独家控制这个东方第一大都会。在中国凡是存在多元的权力竞争空隙中，一般能给地方社会一种崛起的空间。上海的地方自治一开始就是在这种夹缝当中生长起来的。

吊诡的是，清末开始的地方自治，是与国家权力的扩张同时发生的。一方面国家权力以地方自治的名义向地方渗透，另一方面地方名流借助地方自治试图获得相对于国家的地方公共事务的自主性。因为贸易、经济、金融的中心都集中在上海，上海的地方自治背后便有一个相对强大的资产阶级在支撑着它。这股力量不是来自自上而下的国家权力——来自上面的权力可以赋予你，也可以随时收回——上海的地方自治来自从城市本身生长出来的经济力和文化力，于是就具有持久的冲击力和爆发力。近代上海能够成为中国社会的中心和文化的中心,绝不是偶然的。

这个城市的资产阶级也好,文化精英也好,对他们来说,上海就是他们的家,他们主宰城市的地方事务,也借助城市的实力多次挑战中央。于是上海就成为北京之外的第二个政治中心。一九〇〇年,当慈禧太后对八国联军宣战后,竟然以上海为中心出现了"东南互保",国家在对外宣战,但地方却与"敌国"议和,好像置身于另外一个国。辛亥革命发生,南北对峙,又是在上海进行南北和谈。最后,正如马勇教授所说:"民国不是打出来的,是谈出来的。"这个谈出来的地方,就是上海。

再看五四。五四学生运动爆发在北京,当时北洋政府很强硬,学生上街见一个抓一个。到了六月三号,上海资产阶级和文化精英联手发动罢工、罢课、罢市,这一下震撼了世界舆论,北京政府最后只能屈服,释放学生,罢免三名"卖国"官员,不敢在巴黎和会上签字。五四运动发生在北京,但是结束于上海,由北京的学生发动,最后由上海的市民阶级跟进,取得胜利。一九三五年的"一二·九"运动也是这样,最早也是在北京由学生发起,席卷全国以后,上海各界跟进,成立了各种救国会,把一个原来单纯的学生运动扩大为全民的运动。

从这些例子我们可以发现,北京作为一个学术中心和政治中心,往往得风气之先。学生运动有个特点,来得快却无法持久,秀才造反,三年不成,不用三年,三个月都不成。但是只要这个运动蔓延到上海,它就扩展为个全社会的运动,那就不一样了。这两个城市,北京发达的是以知识分子为中心的公共领域,但上海是市民社会的大本营,以资产阶级为核心。所以近代中国的历史当中,几次大的运动都是北京先发动,然后在上海燎原,最后成功。

近代上海的市民社会有两个主角,一个是城市资产阶级,另一个是文化精英。他们共同联手,构成了杜赞奇所说的"权力的文化网络"。所谓的"权力的文化网络",指的是对某一个区域的权力控制,其必须借助于当地已有的社会文化网络,构成一个"权力的文化网络"。上海作为一个市民社会,它到近代所形成的"权力的文化网络",就是由城市的资产阶级和文化精英所组成的。他们不仅主宰了上海地方事务,而且在中央权力比较混乱的北洋时代,成为全国的社会中心,向北京的中央政府挑战。二十年代初,上海总商会和江苏省教育会,在蔡元培提议下,联合召开民间的全国八团体国事会议,邀请张君劢起草宪法,民间制宪,向北洋政府施加压力。

近代的上海,作为社会中心和经济中心,借助地方的市民社会和城市空间,在清末民初的中国政治当中,扮演了第二政治中心的角色。

在近代中国,中国最好的国立大学和教会大学,大部分都在北京。北京是中国无可挑战的学术中心,到今天还是这样。作为学术中心,北京知识分子的主体主要在大学。这些学者专家都是一些国家精英,他们继承了帝国士大夫的传统,他们的关怀除了专业兴趣以外,主要是国家与天下大事,而与地方事务没有什么关系。陈平原教授曾说,现在的北大学生有个传统,他们不关心北京,只关心国家与天下,这个传统其实由来已久。美国的董玥教授研究民国时期的北京城,她发现,即使是这些京城知识分子观察自己所生活的北京城,通常也是从国家视角出发的,他们所欣赏的那些景观不是北京南城的老北京的地方民俗,更多的是和帝都有关的皇家园林、故宫、天坛、颐和园等等,这些才是他们的最爱。

民国时期的北京知识分子,通常是和京城的地方社会绝缘的,与北京那些商人、士绅几乎没什么直接的交往。他们联系较多的是一张报纸,那就是天津的《大公报》。《大公报》当时与上海的《申报》一样,是两张最有影响的全国性大报。《大公报》在言论方面之所以有影响,主要借助于京城的知识分子。《大公报》有两个很著名的副刊,一个是《星期论文》,主要由胡适所代表的自由派知识分子所掌握;另外一个是著名的《文艺副刊》,主要是由林徽因的"太太客厅"为核心的京派作家所掌握。这两个副刊形成了哈贝马斯所说的舆论的公共空间:文学的公共领域和政治的公共领域。

这些北京的文化人,对北京这个城市充满了一种故乡般的柔情。京派的知识分子,很多人曾经也生活在上海,胡适、徐志摩、闻一多、梁实秋二十年代末都在上海生活过，但是他们不喜欢上海，觉得上海这个地方商业气太重，始终有疏离感，到了三十年代以后他们都回到了北京。这些南方知识分子在北京虽然不会说北京话，但是仍然感觉到自己是这个城市的主人，反而把真正的北京人——那些老北京——视为他者。

京派文化人与北京这座城市的联系，不是历史的、社会的，而是情感的、审美的、纯精神性的。北京只是一个象征，象征着他们的心灵之家，或者文化中国。那是一种家国情怀，缺少的是上海市民阶级所拥有的那种城市的认同。

对上海的文化精英来说，那就不一样了。上海是什么？上海既不是家也不是国，上海就是一座城，一座有自身机理、血脉和灵魂的城市。上海的文化人对上海认同的核心，是城，而不是家国。

民国时期上海的文化精英与京城不太一样，主要不是大学教授、专家学者，而是由两拨人组成，一拨人是出版商、报业大王、记者编辑、民间教育者，另外一拨人是自由撰稿人为主体的流浪文人。虽然气质上不一样，一个是布尔乔亚，另外一个是波希米亚人，但是这两拨人之间并没有绝对的界限，彼此是流动的，共享了同一个城市的文化。晚清以后上海资本主义化的文化市场非常发达，无论是报业还是出版界。这些文化人虽然不是资产阶级，但却和上海的商人阶层关系非常密切,甚至其中有些头面人物,亦绅亦商。比如说《申报》老板史量才,他是一个文化人,但又是一个商人,既是银行家又是报业大王。另外一拨波希米亚式的流浪文人,主要来自全国各地,就像许鞍华导演的《黄金年代》中的萧红、萧军一样,在上海以自由写作来卖稿为生。这些人看起来对资本主义充满着仇恨和批判,但是他们的生存处境又离不开这样一个高度资本主义化的文化市场,因此这两部分上海文化人看起来是泾渭分明,其实并没有不可跨越的鸿沟。很多流浪文化人暴得大名以后,可能就步入职业文化人的阶层。而职业文化人一旦被解聘,穷困潦倒,只能沦落为流浪文人。在民国时期上海是左翼文化大本营,这些左翼文化人虽然批判资本主义,但是在生活方式上非常向往布尔乔亚。当年的周扬,读洋文,穿西装,吃西餐,所以鲁迅不喜欢他们,讽刺说一部洋车下来"四条汉子",穿着西装,气宇轩昂。生活是布尔乔亚,精神上是波希米亚人,这就是中国的城市左派传统。

上海这个城市有一个外号,叫做"魔都"。"魔都"的魔力在哪里?你可以说它是资本主义,也可以说它代表了近代文明。不管怎么说,"魔都"上海在文化上像一个大熔炉,把来自不同地域、不同文化背景的新移民统统熔化其间,让生活在这个城市的文化人——包括反抗者——都对自己产生一种不可抗拒的魔力感,产生一种城市认同。不管是喜欢还是不喜欢,最后他们的生存方式都无法游离资本主义化的生产秩序和生活秩序。北京是"帝都",上海是"魔都",中国的双城记,就是如此精彩。

我多年对北京和上海两个城市的观察,发现北京是一个二元社会,而上海是一个一元社会。如何理解呢?大家知道,一九四九年以后的北京有大院文化与胡同文化之分。大院里面居住的,是来自全国各地的单位人,他们在政府机构、文化事业单位工作,属于京城的上位阶层,都是官僚精英、技术精英或文化精英。但大都不是北京人,对这所城市缺乏历史的、文化的认同,确切地说,这是一批首都人,而不能算北京人。真正的北京人住在胡同里边,然而大多数人处于北京城的底层,是蓝领阶层。这两个阶层,一个是首都人,一个是北京人,无论是文化、语言,还是生活习性和风俗习惯,都是泾渭分明,有某种无法跨越的鸿沟。到北京的人家里去,进了门,都不用问主人的情况,看他家里的布置、环境氛围,大致可以判断主人属于什么阶层,是北京人还是首都人。

但是这种判断的方法运用到上海来,就不灵了。上海社会各阶层虽然在收入、身份上差距很大,但基本共享同一种文化,那就是市民阶层的文化。过去的上海有工人家庭和知识分子家庭,这是两个不同层次的社会阶层,但你进入一个家庭,有时候很难判断主人究竟属于哪个阶层。上海的文化人家庭里面,也是井井有条,非常世俗,带有一种浓郁的市井气。而跑到工人家庭里去一看,客厅里面竟然也放着一大套《大不列颠百科全书》，即使他不看，也要有一套摆在那里，显示自己是有文化、有腔调的。上海在文化上是一个一元的社会，精英阶层和市民阶层在身份上是流动的，但是在文化上是整体性的，属于都市的有文化追求的市民阶层，文化人有市民气，市民阶层有小资气。

北京作为具有八百多年历史的古都，充满着一种浓郁的中国风。在北京，到处可以感受到本土文化的气派和风格，无论你喜欢还是不喜欢，它总是在那里。北京这几年变得洋气，鸟巢、鸟蛋、水立方、大裤衩，西洋的后现代风格，也自成格局。北京的建筑最失败的是所谓的中西合璧。二十世纪九十年代搞的以国家图书馆、北京西站为代表的那批中西合璧建筑，西方的现代主义建筑上面安一个琉璃瓦大屋顶，给人的感觉是一个人穿了一身破西装，头上戴了一顶瓜皮帽！

相比之下，上海无论从城市风貌，还是市民趣味上，都被认为很洋气，不"中国"。这也不奇怪，自一八四三年开埠，这个城市本身就是全球化的产物，没有全球化，就没有上海。上海是在全球化过程中诞生和发展的，她在全球化浪潮当中只有获取，没有失落。这是上海与其他许多开放性城市不同的地方。

上海是一座兼容并包的城市，像纽约一样，是世界主义的大都会。在近代中国，西洋文化最早来到广州，但广州在区域上属于岭南文化，与西洋文化冲突比较大，所以一直到今天，广州依然是一座充满南国情调的中国城市，而非世界主义都会。但上海在地域上属于江南文化，江南文化的理性主义和浪漫主义传统，恰巧与欧洲文化中基督新教的资本主义精神和天主教的艺术情调一一对得上，产生了亲和性。不仅如此，世界文化中的其他重要流派如俄罗斯文化、犹太教文化、东洋文化等等也曾经深刻地影响了上海的都市文化。上海文化显现出世界主义的杂多风格，与北京鲜明的中国风，形成鲜明的对比。

不同的城市历史传统，应该有不同的城市规划和定位。然而，如今因为长官意志决定一切，都要搞国际化大都市，而官员对何为现代了解肤浅，到国外考察一个星期，以为高楼林立、通衢大道、玻璃幕墙、水泥广场就是时尚，回来之后将城里的老建筑、老街都拆了，于是如今中国变成千城一面。北京、上海的城市建设都有这个问题，北京尤盛，将一个八百年古都糟蹋成不伦不类、不中不西、不三不四。我过去有一个同事，是一个北京人，她妈到上海来探亲，我同事陪她看上海。老母亲是一个老北京，在外滩看着浦东浦西灯火对眠，感慨地说："瞧瞧上海，这才叫国际化大都市！北京搞什么洋味，北京就应该搞土的，这么多的中国建筑，那才有自己的特色啊！"

比较起一些官员，还是老人家明白。

民国时期的北京文化是一元的，上海文化是多元的。但今天似乎倒了过来，上海变得很单一，而北京越来越多元。我去了北京东城区的南锣鼓巷，看了以后很有感慨，它有点像上海的田子坊，但感觉很不一样。从上海人的眼光来看，南锣鼓巷很乱，甚至有点脏，但文化上缤纷多彩。上海比北京文明，但不及北京有文化。有一年，我请哈佛大学的李欧梵教授到华东师范大学演讲，有同学问他对北京印象如何。李欧梵脱口而出："北京？北京是一个有文化的大村庄。"如果村庄不带贬义的话，北京的确更像村庄，而且还是带复数的无数个村庄。大量的"北漂族"怀着梦想涌进北京，北京愿意容纳他们，无论是"海归""土豪"，还是草根、流浪艺术家。今天的北京在文化上充满竞争力和活力，一个个山头、一个个村庄到处林立，风格多元，竞相斗艳。从上海人的角度来看，这些村庄似乎都有点"老土"，但越是民族的，就越是世界的，今天北京的文化创造力要比上海强多了。

民国时候的上海，也是一个吸纳五湖四海精英的大都会，造就了海上旧梦的辉煌。但是一九四九年以后，上海成为计划经济的大本营，人才流动处于半封闭状态，上海变成上海人的上海，文化上越来越一元化。虽然这二十年又重新开放，但文化上的自我凝固化趋势并没有得到根本性扭转。

有一个形容上海的词叫海纳百川，一般人都只理解这个词的表层，以为上海文化海纳百川，有容为大，南北通吃，东西兼容，吸引了全中国、全世界各种不同的文化。但按照我的解释，海纳百川还有另外一层意思。上海的城市文化有一种极强的同化能力，不管你是什么样的江、什么样的河，一来到上海，统统被上海同化了，变味了，改造了，形成了一种单一的海派文化。过去美国也自称是大熔炉，同化一切外来文化，后来受到了批评，所以今天的美国不能再自称是大熔炉，那是政治不正确，美国文化变成文化多元主义，具有极大的包容性。北京文化今天有点像美国，很包容，很多元。京城这么多"北漂"，但上海就很少"海漂"。不是说上海没有外地人，而是草根进不了上海，来了也待不长。因为上海只欢迎"高大上"。

到了二十一世纪，一个城市的未来取决于创新能力。但上海的创新能力，不要说与北京有距离，甚至都不如深圳和杭州，因此上海提出要建立创新中心。但在我看来，上海搞创新中心的最重要阻力不在于政策，而是文化。因为海派文化只欣赏"高大上"，而鄙视"矮矬穷"。真正的创新往往来自"矮矬穷"阶层，十个野心勃勃的"矮矬穷"，九个失败了，一个成功了，就是了不起的创新。但上海只欢迎"高大上"的成功者，对尚未出名的年轻人颇为不屑。上海自以为"高大上"，以文明自居，整个城市非常规范、整齐划一，反而缺乏一种真正的创新能力。北京看起来有点乱，但反而有更多的突破和创新空间，适度的混乱才有创新，过度的规范只能守成。我发现，无论是"高大上"的"海归"，还是国内的

"矮矬穷",凡是想过太平日子的规矩人都想去上海,而喜欢折腾的不安分人都想去北京,于是上海变得越来越规矩,这又使得海派文化越来越单一,缺乏多元和生命的原创力。

海派文化的特点是什么?没有特点成为了海派文化的特点,面貌模糊,看上去很美,却又似曾相识。之前引起舆论很大轰动的复旦一百一十周年校庆宣传片涉嫌抄袭事件,其实这背后很能看出海派文化的危机所在。今天的海派文化,学习能力、模仿能力很强,而且模仿的都是国外最"高大上"的。什么时尚的元素都具备了,用了洋人的理念、框架和表现方式,再加上中国的素材,唯独缺乏的,是自己的独家创意。

海派文化讲究与时俱进。上海永远是一个时尚之都。上海人看不起北京、香港、广州和其他城市,目光紧盯巴黎、纽约、伦敦,以世界一流为自己的赶超标尺。与时俱进让上海变得与国际接轨,比北京要国际得多,她总是在学习世界的"高大上",却总是跟在别人的后面,无法超越。上海总是在变,"变"成为上海成功的法宝,也成为它无法登顶的障碍。为什么?如果一个城市总是在变,而没有自己的不变的话,她是登不上一流高地的。反过来,北京虽然也变,但是变中有其不变,能守住一点自己独家的文化传统,再加以现代化发扬光大,反而有可能走到世界的前列。而海派文化流质易变,缺乏底蕴,灵活有余,定力不足,有见世面识大体的小聪明,但缺乏自信稳重的大格局、大气象。大上海,小市民,这是海派文化的顽症。

北京和上海，一南一北，"帝都"和"魔都"都有自己的辉煌，有自己的骄傲，也有自己的毛病。中国文化之所以强大，乃是其内部文化的丰富性和多元性。有东西文化的差异，也有南北文化的不同。内在的丰富性和差异性，既冲突，又互补。中国有此"双城"，何其幸运，只是我们对此研究太少，认识不足，我希望以后京沪两地学者和文化人拥有交流和对话的固化空间，以北京的视野看上海，以上海的目光观北京，互为他者，彼此竞争，又相互提携，比翼齐飞。

## 春节断想:"我们"在哪儿?

大年初一清晨,京沪高速公路上,已是车流滚滚。上海到无锡的两小时车程,竟然开了三小时。这情形我们早已熟悉,与"五一""十一"长假无异。曾几何时,全国人民将春节习惯性地视为"春假",它的全称叫做"春节长假"。

节日与假期本来是两个完全不同的概念。假期是个人的,爱怎么支配就怎么支配;节日是公众的,最初是原始部落的祭祀(所以日文中的"节"用的是汉字"祭"),后来演绎成人类各种社群——小到一个家族、村落,大到一个城市、国家——的各种公共仪式:拜祖宗、闹元宵、划龙舟、赶庙会、放礼花、大阅兵。节日节日,最重要的是谁之节日、何种仪式。每一种节日，都属于某个特定的文化社群，你从属于哪个社群，认同哪种文化，就有资格乃至义务参与社群的节日，分享其中的欢乐，形成特定的"我们"。

如果说浪漫的假期给人们一种自由自在"我"的意识的话，那么，节日中的各种公共仪式造就了一种"我们"的社群归属感。是的，那是"我们"的节日，在集体狂欢当中，"我"消失了，"我"内化为"我们"中的一滴水珠、一个分子。

世界上最大规模的人口流动叫做"春运"。按照古已有之的风俗，中国人每到春节，哪怕在天涯海角，也要回家团聚过大年。谢天谢地，这个习俗没有被颠覆，山村里的老父老母、留守儿童，终于见到沿海打工的亲人归来了。不过，许多人想念了一整年家乡，在老家待了几天，却感到分外的乏味。不再有童年的青山绿水，不再有过去的赶庙会、闹元宵，乡亲还是过去的乡亲，但彼此之间变陌生了，心的距离何其遥远，聊起天来也是话不投机半句多。在家乡，在村落，在亲戚、邻居之间，"我们"不复存在，只有一个个原子化、彼此隔膜的"我"。而在一个不再有"我们"的家乡，"我"是显得那样的孤独、无助与无聊。

城市人的感觉同样糟糕。一家人好不容易聚拢吃年夜饭，年轻人心不在焉地玩着手机，老年人感觉被冷落，只能打开电视，从无趣的春晚中打发时间。蛋饺、春卷、饺子、狮子头，各种菜肴都是超市现成买来的，不必再亲自动手。而在我的童年时代,小孩子最盼望的就是过春节,不是因为有吃的了,而是家里有了一种热闹非凡的气氛。母亲买来春卷皮,拌好了猪肉与大白菜馅,哈哈,就可以与大人一起裹春卷了!那一刻,家人有说有笑,长辈对晚辈特别和蔼,小孩子们也可以放肆一把。在一个物质匮乏、样样需要自己动手的年代,反而有一种亲近感。这不是简单的包饺子、裹春卷,而是家庭的年度庆典。在热闹的过年气氛之中,你被确认为家庭的一分子,你是"我们"中不可缺少的一员。今天的孩子还有这样的感觉、这样的期盼吗?他们去见奶奶,看舅舅,内心盼望的大概只是一个大红包。红包到手,孩子们立即撇下大人,玩自己的游戏去了。"我们"不再是一个精神的归属、话语的共同体,而只是物欲性的交易空间。没有了金钱,就没有了"我们"。

一个没有集体仪式的节日,称不上真正的节日,只是随心所欲的私人假期而已。比如最具政治性的国庆节,对国人来说,只是一年中最美妙的旅游黄金周。于是高速公路挤到瘫痪,成为停车场;各大旅游景点如沙丁鱼罐头,游客前胸贴后背,随时有踩踏的危险;香港的旺角、台北的一〇一大楼、韩国的济州岛、日本的北海道,到处都是此起彼伏的国人的大嗓门。回到我的童年时代,虽然没有机会出去旅游,但孩子们的内心都有一个共同的期盼:"十一"晚上的焰火。夜幕刚刚降临,就早早爬到屋顶上,远远眺望人民广场上空,等待着缤纷灿烂的一刻。说实话,当年对国家的认同,一小部分就是在国庆的美丽焰火中萌芽的。今天的小孩子,不再知道国庆焰火为何物,也无从感受此节日与彼节日意义何在。对中国人来说,无论是春节、清明、端午,还是元旦、"五一""十一",统统都是不用上班的法定假期,是出外旅游的难得机遇,是发呆、睡懒觉、打通宵麻将的大好时光。

近年来,出于商业利益和旅游文化的考虑,各地政府也在春节期间组织了各种看似热闹的活动,诸如大年夜头香、新年撞钟、初五迎财神、元宵灯会等等。尽管人潮汹涌,却与社群无关,与"我们"隔缘,只是一大群彼此陌生、相互隔膜的个人,各怀心思与愿景,偶然聚在一起而已。二〇一五年元旦前夕上海外滩踩踏事件的发生,又令政府管理部门倍感压力,不少活动取消了之。节日衰落的背后,正是"我们"的匮乏与公共社群的解体。

你说春节不再有公众性文化仪式吧,却有一个大大的例外,那就是延续了三十多年之久的央视春节联欢晚会。这个中国春晚,大概是除了奥运会、世界杯之外,全球观众最多的电视大派对了。从最初十亿人的乐乐呵呵,到这些年的集体"吐槽",不管你喜欢还是讨厌,春晚已经成为春节中最具标杆意义的文化仪式。它借助电视屏幕所形成的,是一个虚拟的、想象的共同体。春晚创办于八十年代,那时候的中国刚刚步出红色的革命年代,进入世俗化的欢乐年华,改革开放、思想解放和文化启蒙带来的自由氛围,让国家有向心力,民族有凝聚力,人民有认同感,再加上当时观众的欣赏口味尚未分化,十亿人民一台戏,春晚形成了一个巨大的、中华文化的"我们"。好景不长,九十年代以后中国巨变。经济的高速发展、社会分化的加剧和全球化带来的裂变,使得文化上具有高度同一性的"我们"不再存在。都市文化与乡村文化、全球文化与本土文化、南方文化与北方文化、年轻人文化与老年人文化、土豪文化与草根文化之间发生了深刻的断层,众口难调,莫衷一是,不要说十三亿人,即令是同一家庭的三代人,都很难坐到一起,欣赏同一台戏。大年夜的"国菜"春晚呈台阶性的滑坡之势,它的衰败还在半程,远远没有滑到谷底。

二〇一五年压过春晚的头条新闻,竟然是异军突起的抢红包。这场移动手机上的全民狂欢,令几亿国人无心年夜饭、无暇春节晚会,专心致志埋头刷屏。抢红包将会成为新的春节传统吗?它将形成社群性的"我们"吗?一切皆有可能。

在这场抢红包大战中,微信战胜了微博,这匹马(马化腾)打败了那匹马(马云)。原因无他,乃因为微博基本是陌生人形成的公共空间,而微信则是私人性的社交网络。这几年由于社会与政治的外在因素,公共空间急剧衰落,陌生人之间充满了警惕与不安全感,大批"微博控"逃离公共空间,躲到微信群一角,在熟悉的小圈子中交换信息、寻求慰藉、相濡以沫。每一个微信群,就是一个由各种血缘、地缘、学缘、业缘，或者利益、情怀、趣味所建立起来的小共同体，它们形成了一个个导向单一、边界清晰的"我们"。

春节的抢红包无疑是微信群的公共文化仪式，它通过小共同体的集体参与，实现了社群内部的分层建构：发红包的通常是群里的精神领袖或大佬土豪，他们以自己的慷慨大度验证自己在群里的独特身份，并跃跃欲试老大的位置。抢红包的多是社群中的基层活跃分子，他们在乎的不是钱，而是那份被接纳的感觉和参与的快乐。而对抢红包态度冷漠的则是群里的边缘分子，平时对群不即不离，满足于淡定的潜水者地位。红包的内涵是传统的，但抢的方式却是时尚的，其中有运气、有刺激，玩的是心跳，炫的是亲热。

很有可能，抢红包将成为中国人过年时节的文化新传统，它以传统的内涵、时尚的方式重构了一个个"小微"共同体，形成了无数个既虚拟又真实的"我们"。传统的中国人生活在社群之中，但他只是某个固定社群中的一分子，"我"对"我们"从一而终。然而在今天多元、交叉的网络社会，每个人可以同时属于多个"我们"，进出自由，转换自如；每个人是分裂的，又是统一的，足见现代人身份的多重与人性的复杂。

不过，春节将因抢红包而回归为节日吗？由无数个小众的、脆弱的"我们"所合成的社会，将会是一个更大的"我们"吗？这，依然是一个悬而未决的问题。

## 儒家孤魂,肉身何在?

两千年的儒家曾经是古代中国的公共文化和官方意识形态,一百年前在西学的冲击之下,儒家文化解体,失去了其制度之根和社会之根。虽经几代新儒家学者力挽狂澜,光大绝学,儒家义理犹如孤魂,在少数精英的上空游荡,而不再在大地有其肉身。

传统儒家之所以如此风光,乃是有双重的制度肉身。其一是汉代的五经博士制度和宋之后的科举制度。儒家是王权钦定的官方意识形态,儒家士大夫也成为帝国官僚阶层的唯一来源。其二是宗法家族社会的风俗、礼仪和民间宗教。儒家是古代社会的文化"小传统",在民间有深厚的土壤,成为百姓

"日用而不知"的纲常伦理。然而,儒家的这双重肉身到了现代社会已被连根拔起,摧毁殆尽。虽经一个世纪的磨难,儒家到二十一世纪的中国有了复兴的希望,但如今的繁荣更多的只是学院层面的热闹,少数精英的义理儒家的蓬勃兴旺,反过来衬托了制度儒家的落寞荒凉。儒家之魂,悠悠荡荡,皮之不存,毛将焉附?

如何改变一个世纪以来儒家的魂不附体,让其在制度上有所附丽?比较起牟宗三、唐君毅、杜维明等注重义理的老一代新儒家,今日新一代儒家人士开始注意到制度儒家的重要性,而上层频频吹来的温馨暖风和社会的精神饥渴,又给制度儒家的复兴提供了前所未有的时代良机。问题只是在于:儒家之魂,将依附于何张皮上?是目光往上,得君行道;还是视野往下,觉民行道?

儒家与基督教、佛教不同,不仅是入世之学,且具有很强的政治性,其最高的成就乃是经世致用,实现治国平天下。儒生们的政治抱负虽大,却有着自身不可克服的软肋:与基督教相比,缺乏有经济实力又可与王权相抗衡的独立建制;与古希腊公民比较,也没有参与政治的制度化管道。儒家士大夫虽然谨记孔夫子的"士志于道",坚信儒家的信仰(道)尊于王权(势),但在政治实践之中,"道"却不得不借助于"势",看君主的脸色,借"势"的跑道践行"道"的理想。

从古至今，凡是有强烈用世之心的儒家，因为摆脱不了"道"依附于"势"的宿命，总是习惯于走上行路线，时时寻觅明君，希望将一己之学抬升到王官之学。儒家需要明君，明君也需要儒家。秦二世而亡的教训，让汉武帝以下的君主们明白，仅仅靠法家官僚用严刑峻法治理国家是不够的，暴力威慑得了百姓，却无法征服人心。儒家有民本主义的王道政治，以儒补法，可以为王朝的统治获得长久的合法性。于是，大部分的中国皇帝，从汉武帝到康熙雍正乾隆，其统治方式皆为外儒内法，偶尔济之以黄老之学，霸王道杂之，三管齐下。

王权与士大夫的结盟，是一个有限的、互为手段的脆弱联盟。王权最迷信的，永远是马基雅维利之学，再熟悉儒家经典的皇帝，其作为权力的化身，决定了他骨子里流淌的，只可能是法家的血脉，相信"法术势"这套治理体系无远弗届。对于儒生而言，王道政治是体之所在，王权不过是其用；但对王权来说，儒家再好，乃是用也，法家才是体本身。以晚清的洋务、变法和新政为例，士大夫与清廷虽然都为保国，其实是各怀鬼胎。士大夫以富强保中国，最终要保的是天下——那个儒家所心仪的文明秩序，但清廷以富强保中国，最终要保的是江山——那个清代权贵独揽天下的小江山。士大夫为了保天下，可以改朝换代；而清廷为了保江山，宁愿天下先亡。

王权与儒生相互利用，结成同盟，因为终极目标不同，终有决裂那一天。对儒家士大夫来说，伴君如伴虎；人君一时之喜怒哀乐，足以毁弃自己一生之辛苦努力。西汉年间，一代枭雄汉武帝"废黜百家，独尊儒术"，为帝国提供了阴阳五行宇宙论的大儒董仲舒备受荣宠。然而，皇帝要的只是董氏宇宙论为帝国论证合法性的一面，而讨厌董氏用"天人感应说"在王权之上置放一个更高的"天命"。汉武帝建元六年，皇帝祭祖之地辽东高庙失火，书生气十足的董仲舒认为这是上天对当政者发怒，写了《灾异之记》，奏章还没上，就被人偷偷告到朝廷，汉武帝大怒，决定将董仲舒斩首。后怜其才，又下诏赦免，但罢免官职，从此，董仲舒再也不敢造次，晚年居家以修学著书为事。

儒法的合作结盟，看起来是王权与士大夫共治天下，但这个结盟在实力上是不对等的，也缺乏制度的保障。王权是主动方，士大夫是被动方。儒家在政治上有多少发挥的空间，端赖皇帝是否明君，是否有肚量采纳儒生的进言。中国历代有盛世与衰世，有治乱循环，个中原因并非取决于制度，而是看是否有明君贤相主政。文景之治也好，开元盛世也好，汉武帝、唐太宗也好，正如钱穆先生所言，只是人事好，并没有立下好的制度。一朝明君，气象万千；昏君其后，人亡政息。所缺乏的，正是长远的制度性设置。

牟宗三先生有一卓见，认为古代中国政治只有治道，而无政道。儒家提供了一套以民为本的形而上义理，法家有成熟的控制社会、驾驭官僚的治理术。但儒法两家，一个义理上过于空疏，另一个只是在统治上下细密功夫，二者都无法开出超越于人君的、具有最高立法意志的政道，即刚性的宪政架构。

传统的儒家政治，并非一无可取，在几千年与王权既联合又斗争的历史实践之中，积累了丰富的政治智慧：道统与政统的双重权威、士大夫与君主共治天下、民间的清议传统、文官考试与御史制度等等。这些政治智慧与制度实践以民意为依归，以天理为最高价值，以儒家士大夫为社会中坚力量，在相当大的程度上限制了王权独霸天下，使得中国政治在若干朝代和历史时期之中保持了清明、理性与有序，使得古老的中华帝国在一个地域辽阔、人口众多和文化多元的土地上，持续了两千多年的文明历史。

然而，儒家政治具有自身不可克服的内在限制，其有形而上的义理，有治道层面的技艺，然而缺乏的是政道层面的根本大法，纵然设计如何完美，最终还是依赖于圣君贤相的个人德性，无法从根本上解决统治的合法性、权力的有效限制和权力的有序更替这三个现代政治的核心问题。从这个意义上说，政治上的儒家在现代社会之中不再具有独立的光复价值，其未来是否有价值，全看儒家在制度上与谁结合勾兑。假如继续外儒内法，延续古老的秦汉体制，两千年都没有走通的老路，岂能指望在二十一世纪枯木逢春、病树开花？

政治儒家真正的希望，在于与现代的法治与民主制度审慎嫁接，以超越私利的精英智慧平衡民粹政治，以天下为公的公意聚焦权利至上的私利之争。儒家政治本身无抽象之好坏，就看其与谁交友结盟。倘若能够像牟宗三、唐君毅老一辈新儒家那样，在法治与民主的现代政治框架之中发挥余热，那么就有可能实现自身之创造性转化。

王官之学的上行路线是一条死路，儒家还有另一个选项，便是走下行路线，到民间发展，将儒学改造成儒教，成为像基督教、伊斯兰教、佛教和道教那样的心灵宗教。

这几年，中国社会世俗化的进程掏空了国人的心灵，在精神虚无、价值真空和意义迷失的多重困境之下，基督教、天主教、佛教、道教、伊斯兰教以及各种民间信仰发展迅猛，伴随着世俗化所造成的心灵秩序危机，宗教复兴呈不可逆转之势。在这一大趋势秩序中，儒家的位置在哪里？有没有可能转型为像佛道耶回那样的心灵宗教，在民间有自己的一席之地？

将儒学改造成儒教，历史上有过尝试。明末的左派阳明学泰州学派，改变了朱子学的王官学传统，转而眼光往下，到民间讲学，相信人人心中有良知，皆可成为圣人。他们在庶民百姓、贩夫走卒之中启蒙布道，发展信众，距离心灵宗教只有一步之遥。儒学的宗教化努力，最彻底的自然要数民国初年康有为、陈焕章发起的孔教会。康有为只是精神教主，孔教会的真正掌门人是哥伦比亚的哲学博士陈焕章。他不仅按照基督教的模式设计孔教，而且还赋予其若干现代的内容与仪式。但最终还是不免失败。个中最重要的原因是康有为、陈焕章这些人身在民间，心系庙堂，守不住民间的寂寞，总是想通过国家权力的运作，将儒教抬升为国教。围绕在孔教会周边的，多是前清的遗老遗少、失意的下野政客、传统的乡间士绅，知识陈旧，利欲熏心，对救心无甚兴趣，满腹的救世雄心。孔教会甚至连晚明的左派王学都不如，其严重脱离社会，与庶民百姓无涉。他们取了基督教的形式，却没有耶稣的精神，缺乏与王权抗衡、孜孜于民间播种、通过拯救人的灵魂来改变世界那种真正的宗教气质。

这些年以蒋庆为领袖的一派新儒家，也在重蹈当年孔教会的覆辙，他们在民间建立书院、精舍，却不安于草根社会，总是想重返庙堂，让儒教成为国教，让四书五经成为钦定的教育范本，甚至列入国家考试的范围。假如哪一天儒教真的成为了国教，四书五经重返高考，那么儒教的生命也就此完蛋，不是成为宰制性的意识形态，就是为学子们既重视又厌恶的晋身敲门砖。

我个人的观察和感受，海峡两岸的民间儒教有很大的差异。台湾的儒教有草根气、人情味儿，安心于民间社会，关心庶民疾苦，致力于心灵秩序重建；而大陆的一些儒教徒们虽然身处民间，却沾染了江湖气与官气。这二者位置不同，其实是精神相通的：要当天下老大的霸气。

研究儒教与孔庙的台湾著名学者黄进兴先生分析过，传统的孔庙是一个与国家权力紧密结合的圣域,孔庙的祭祀是国家权力的展现,是一般百姓不敢进入、令人敬畏的封闭空间。许多大儒平生最大的愿望,就是得到皇帝的册封,在孔庙当中有自己的位置。有一个笔名叫"梦醒子"的儒生,做梦都想在孔庙里吃一块冷猪肉,感叹曰:"人生啊,不吃一块冷猪肉,愧为此生!"黄先生指出,中国的百姓对孔夫子是尊而不亲,儒教"基本上是一个国家宗教,不是一个私人宗教;它是一个公共宗教,不是一个个人宗教"。儒教的基本性格太精英化了,关心的是治国平天下的大事,儒教为了实现救世的理想,除了往国家权力的身上靠拢,别无他途。

一般庶民百姓,天高皇帝远,之所以需要宗教,乃是为了救心,精神有依靠,命运有托付,生死有安排。佛教、道教、基督教和回教皆有此承诺,故可以成为庶民百姓个人之信仰,儒家虽然有宗教性,但毕竟是读书人的宗教,更重视现世、人文和理性。蒋庆在贵州建立阳明精舍,带领一帮弟子们苦读圣贤书,却与周边的村民们毫无关系,不被当地人认同。村民们还搬走精舍特制的瓦片,去盖了一个村里更需要的观音庙。足见如今的儒家复兴依然是少数精英折腾的圈内事,与社会底层全然有隔。

这也难怪,儒家非启示性宗教,不以信为第一要务。儒家更强调的是个人修身,在知识上有所觉悟,并通过道德的实践,成为众人表率的君子和圣人。但这个知识和德性的要求太高，只能是少数读书人的理想，对一般庶民来说，他们只需要"信"，更确切地说，是通过简单的宗教仪式，获得神灵的庇护。无论是超越之神的庇护，还是简化的宗教仪式，这两点恰恰是儒家的短板。儒家要在民间改造成为基督教、佛教那样的心灵宗教，既不符合儒家的本来性格，也缺乏自身的历史传统和实践空间。韩国与中国台湾的儒家传统保持得如此完整，至今也没有开拓出个人宗教意义上的儒教，何况儒家传统曾经中断过的中国大陆乎？

历史上的儒家，从灵魂而言是一个整体，但其有三个肉身或存在形态。一是作为王官之学的国家宗教，二是作为心性之学的心灵宗教，这两个都具有相当明显的宗教性格。第三个是作为伦理道德之学的秩序宗教，这个层面上的儒学，与其说是宗教，不如说是秋风所提出的"文教"。

所谓"文教"，按照我的理解，指的是儒家并非西方意义上的宗教，而是儒家特有的"人文教化"，形成与宗教相对应的"文教"。其中包含四层含义。第一，作为"文教"，儒家不像一般的宗教那样诉诸信仰与启示，而是通过理性的自觉和道德的践行，得道行道。第二，作为"文教"，儒家不是通过祈祷、礼拜的宗教性仪式与神沟通，以获得神的庇护，以期在另一个超越性世界里面获得生命的永恒，而是注重于现实生活，通过人文教化，在世俗性的日常生活礼仪之中，将儒家义理化成人心，造就美俗。第三，作为"文教"，儒家主要不是为个人的心灵秩序提供安身立命与终极价值，而是依据"仁"化为"礼"，为整个社会建立公共性的伦理道德秩序。第四，作为"文教"，儒家的伦理道德价值及其规范，内化到其他正式宗教、民间信仰、祖宗崇拜、日常生活祭祀之中，即所谓的"神道设教"。儒学可以说是一种"潜宗教"，潜移默化于民间，百姓日用而不知。

历史上儒家的三个肉身，到了现代社会，与国家权力重谋蜜月的王官之学已是一条死路，而注重修身的心性之学也只是少数精英的事情，与一般国民无涉。儒家在未来中国最重要的功能，在我看来，应该发展以公共伦理道德为核心的"文教"，重建中国人的社会良序。

那么，作为伦理道德秩序之"文教"，儒家与其他的宗教以及自由主义是一种什么样的关系呢？

中国与西方不同，并非一神教国家。儒道佛三教合一，其中道与佛是宗教，而儒家是"文教"，各有各的功能和底盘。秋风认为中国是"一个文教，多种宗教"，一语道出了儒家与其他宗教关系的真相。儒家只是一种致力于公共秩序的"文教"，因而它对注重个人心灵秩序的其他宗教，在态度上是开放的、包容的。虽然儒家自宋明理学之后，化佛为儒，有自己的心性之学、修身之道，自有安身立命所在，但毕竟过于理性化，陈义过高，只是读书人的宗教，一般民众消化不起。即使在读书人中间，作为心性之学的儒学也有其有限性，因为其只谈现世，不论来世，人文有余，神性不足，故对一些特别重视生死轮回、有神性追求的儒生来说，在儒之外，还会谈佛信道，或皈依耶稣。

反过来说，生活在儒家世界的佛教徒、道教徒、基督徒和回教徒，他们也会尊奉世俗的儒家伦理，孝敬父母，祭祀祖宗，入乡随俗，从而出现儒家化的基督徒、儒家化的佛教徒、儒家化的回教徒、儒家化的道教徒等等。作为"文教"的儒学身段柔软，润物无声，镶嵌到各种外来和本土的宗教传统之中，一方面将外来宗教本土化、儒家化，另一方面也从其他宗教传统之中获得新的养分，进一步固化自己超越于一切宗教之上的"文教"地位。

儒家的这种超越于所有宗教之上的性格，颇有点像现代社会的自由主义。那么，作为"文教"的儒学与同样追求公共良善秩序的自由主义是否冲突矛盾？儒学与自由主义虽然都是世俗化的学说，但同样各有各的侧重和底盘。自由主义虽然也有自己的伦理价值，但骨子里是一套政治哲学，追求的是符合自身伦理价值的政治哲学，而作为"文教"的儒家，虽然有自己的政治理念，但本质上是一套伦理哲学，追求的是日常生活的礼治秩序。真正与自由主义政治哲学有全面冲突的，不是作为"文教"的儒学，而是作为王官之学的政治儒教。当然这一冲突也并非绝对，正如我前面所说，政治儒学中的若干智慧同样可以弥补自由主义政治之不足。

作为"文教"的儒学与自由主义,不应对抗,否则亲痛仇快,便宜了它们共同的敌人法家。两家最好的相处之道,乃是周末夫妻,有分有合,互补短长。按照哈贝马斯的理论,现代社会分为系统世界和生活世界。系统世界是一个以市场和权力为轴心的世界,自由主义理当为系统世界的主人,以权利与契约规范市场,以法治和民主制约权力。而系统世界之外,还有一个非功利的、人与人情感交往的生活世界,这个世界对于许多国家来说,皆由各自的宗教所主导,而对中国来说,儒家显然应该成为生活世界的主人。

哈贝马斯特别强调,系统世界与生活世界各有各的价值轴心,只要不越界筑路,都是合理的。问题出在当今社会之中,系统世界对生活世界的殖民化,将市场与权力的原则扩大运用到生活世界,以至于人与人之间的自然交往充满了去人格、去情感、去伦理的功利气味,不是等级性的权力宰制,就是市场交易的金钱挂帅。在中国,还有相反的情形,即生活世界对系统世界的反向殖民化。儒家作为生活世界的伦理原则,侵入到市场空间和政治领域之中,在平等的契约空间中拉关系,在严肃的法治秩序中讲人情,这是儒家不守本分的僭越,其危害性一点也不亚于系统世界对生活世界的殖民化。

在二十一世纪的今天,系统世界越来越全球化、普世化,那是文明的天下;而生活世界不同,它是文化的空间,不同的国家、不同的民族、不同的族群理应有自己独特的文化和生活世界。文明是普世的,文化是特殊的。儒家之所以对于中国很重要,乃是中国人不仅生活在由普世文明所主导的系统世界,而且还有一个活生生的、有自身历史传统和文化个性的生活世界。"历史的终结"对于系统世界来说没什么可怕,可怕的是将生活世界也一并终结了,形成科耶夫所担心的"普遍同质化"的世界。在这个意义上说,中国需要儒家,需要一个有谨守生活世界本分的"文教"儒家。

未来的中国文化秩序,应该是三个层面的。第一个层面是政治文化层面,涉及何为公共政治秩序中的正当,何为公共的政治之善。政治自由主义将扮演核心的角色,而儒家传统和社会主义传统也将贡献各自的智慧。第二个层面是公共伦理层面,涉及何为公共的伦理之善,何为人与人之间的交往之道。这将是作为"文教"的儒家的地盘,而伦理自由主义与各种宗教传统也将补充其间。第三个层面是个人的心灵层面,涉及何为德性、何为现世生活的意义、如何超越生死、获得救赎或得救。这将是包括儒道佛耶回在内各种宗教的多元空间,中国特有的多神教传统将让国人有自己的选择空间,甚至兼容并包,多教合一。

儒家孤魂,肉身何在?王官之学,已证明是一条死路;心性之学,只是精英宗教而已。儒家在未来中国最广阔的愿景,乃是造就公共伦理秩序的"文教"。这个"文教",希望不在于国家权力之推广,而是在民间自然、自发地生长。自孔夫子起，儒家起源于乡野，发展于民间，中间虽然一度入室庙堂、成为官学，但最终随王权的解体而衰败，成为游荡了一个世纪的孤魂。儒家要想重新拾起蓬勃的生命，唯一的出路还是回到原点，回到民间。

## 现代人：永无希望的救赎

在美国戏剧之父尤金·奥尼尔逝世六十周年之际，上海现代人剧社复排了他的名剧《大神布朗》（*The Great God Brown*）。一九八八年，胡伟民导演的该戏在上海滩公演，曾经风靡一时。二十五年之后，虽然没有当年的轰动，但世纪经典的魅力依然吸引了上海的话剧爱好者。这是一场对观众的知识、智慧与自我理解深度的考验，具有无限的解读可能性。

《大神布朗》最给人印象深刻的是人物的面具。奥尼尔的名言"为人在世，总得戴个面具"被反复引用，成为理解该剧的钥匙所在。奥尼尔在《关于面具的备忘录》中如此写道："一个人的外部生活在别人的面具的缠绕下孤寂地度过了。"的确,在奥尼尔笔下,社会是一个充满虚伪和欺骗的空间,人与人交往之中都是不真实的,都戴着遮蔽真相的面具。在一九二五年首演的《大神布朗》,奥尼尔第一次将面具搬上舞台,剧中人物在面具下交往,只有在显露本性的时候,才把面具取下,以此表现人物的双重人格。

布朗与戴恩,两个戏中的男主角,儿时要好的伙伴,后来成为争夺同一个妻子与同一个妓女的凤敌,平时无论是面对妻子、妓女,还是相互面对,都戴着各自的面具,表面看起来个性完整,但面具的背后,有另外一个更狂野的自我。比利·布朗给人的印象是一个踌躇满志、颇为自得的成功商人,内在的他却是一个因为得不到爱情的恩宠而非常自卑、妒忌戴恩的可怜虫。戴恩的肉身是一个浪漫的、充满艺术魅力的唐璜,但面具背后的他却非常怯弱,需要女人们妈妈式的怜悯才有勇气活下去的大孩子。如果用弗洛伊德的理论来解释奥尼尔的面具表现手法,答案似乎是现成的:面具代表人现实中的肉身,是"自我";而面具背后的乃是一个充满着原始冲动和真实面貌的灵魂,乃是"本我"。人具有"自我"的两重性,无往不在面具之下生存,无法逃避人格的双重分裂。

以如此的现代心理学思维来解读《大神布朗》,虽然也有道理,但未必能够洞察在一个基督教国度中出生成长的奥尼尔笔下的微言大义。为什么布朗杀死了戴恩之后,戴上了死者的面具,最后成为了戴恩·布朗,这个合二为一的矛盾体有何象征？为什么剧名叫"大神布朗"？这个"大神"显然充满着某种嘲弄的意味，其背后的真实意蕴究竟何在？

我想说的是，《大神布朗》首先是一部关于对人性自我理解的戏剧，其次更是一部现代人救赎困境的戏剧。

近代的西方戏剧经典，从莎士比亚到奥尼尔，其主题都与人性为何有关。启蒙运动之后，人成为了世界与历史的主人，开始像上帝那样创造人间万物，然而，究竟何谓人性？人性与神性还有关系吗？成为纠缠几代西方人的核心问题。《大神布朗》也试图通过戴恩和布朗这两个互相冲突的角色来回应何谓人性的问题。

尼采在《悲剧的诞生》之中，指出古希腊人有两种精神，一种是阿波罗所代表的日神精神，另一种是狄俄尼索斯所象征的酒神精神，这两种精神深刻地体现在现代人的双重性格之中。一方面人是现实的、理性的，通过自己的世俗成就与现实和解，制造幸福的幻觉，以此逃避生命的死亡。另一方面，人又是狂野的、浪漫的，拒绝与现实和解，直逼存在的本质，以醉态的方式面对生命和死亡，在审美的境界之中实现对个体有限性的超越。日神与酒神、理智与情感、清醒与醉酒、技术与艺术……这些看似二元对立的生存状态，构成了现代人性中丰富而复杂的面相。它们不是表象与实质的关系，不是面具与真实的对立，二者都是现代人的本性，只是被撕裂的两种真实的人性。

显然，布朗与戴恩这两个互友互敌的伙伴，就是日神与酒神的人格象征。他们各自是完整的，却又是残缺的：布朗取得了事业上的巨大成功，得不到女人的爱情，只能通过包养妓女来填补虚幻的内心空虚；戴恩以其艺术家的魅力到处收获爱情，却终日酗酒、无所事事，最后被迫为稻粱谋，到他所看不起的布朗的建筑事务所打工谋生。但酒神是高傲的，将自卑藏在心底，屡屡向日神发出精神的挑衅。布朗身为老板，却为内心的妒忌所折磨，最后杀死了戴恩。有意思的是，临死之前，戴恩竟然向布朗宣布，将自己的面具送给布朗，让自己的酒神魅力借助对手得以延续。欣喜若狂的布朗戴上了戴恩的面具之后，得到了垂涎已久的布朗妻子玛格丽特的宠爱，也开始酗酒成性。但从布朗冒充戴恩的那一刻起，也就杀死了布朗自己。布朗惊呼："你死了，比利·布朗。死后连复活的希望都没有！是你埋在你的花园里的戴恩把你给杀了，而不是你杀了他！"究竟是布朗杀死了戴恩，还是戴恩杀死了布朗？这成了一个非常吊诡的问题。世俗的、功利的日神也好，浪漫的、超越的酒神也好，都只是人性的有限性表现，在这场谋杀的游戏之中，没有一个赢家，也没有一个输家，从此诞生了一个矛盾的综合体：戴恩·布朗。而单纯、天真的好女人玛格丽特所真正爱的，也是这样一个既有世俗的奋斗精神，又不乏浪漫情调的戴恩·布朗，虽然她自己浑然不觉。

假如奥尼尔仅仅到这里为止，他还没有资格成为大师，只是道出了现代人性中秘而不宣的小秘密而已。大师毕竟是一个宗教国度的知识分子，虽然不少研究者注意到奥尼尔对东方哲学颇有兴趣，但大师的精神底色，依然是基督教的，他所关心的核心问题，不仅是人性的完整，更重要的，是在上帝面前的灵魂救赎。奥尼尔发现，即使是日神与酒神的合二为一，依然是不完整的、残缺不全的人，他可以得到女人的宠爱，却得不到上帝的恩宠，对西方人来说最永恒的问题——灵魂的救赎依然永无希望与可能。

奥尼尔所处的二十世纪初的西方，已经是一个尼采所说的"上帝已死"的世界。二十世纪二十年代的美国，资本主义蓬勃发展，人的世俗欲望无限膨胀，与早期资本主义时期清教徒的"入世禁欲"精神相比，此时的现代人已失去了对上帝的信仰，他们将自己视为上帝，视为"大神"。而这个世俗"大神"，就是那些社会上人人羡慕、崇拜的成功人士——拥有金钱和权势的上流社会暴发户。奥尼尔通过酒醉的戴恩之口，发出了犀利的批判："善良的上帝是不存在了，人的邪恶和非正义产生了！"一贫如洗的艺术家嘲笑成功人士布朗是可笑的、虚妄的"大神"："布朗先生，伟大的布朗，却没有信仰！"

一个没有上帝、没有信仰的世俗社会，并不意味着没有宗教，恰恰相反，宗教非常昌盛，上帝也格外受欢迎，只是与信仰无关。只因上帝有用，可以修补现代人分裂的人格和破碎的人生。那个合二为一的戴恩·布朗，如此宣布自己的宗教哲学："生活并不完美，兄弟们！男人们都是有缺陷的，小妹妹！可是只要用点儿糨糊就可以办成许多事情！这儿，那儿抹上一点逆来顺受的糨糊——哪怕是破碎了的心也可以修补好来应付患难！……人生来是支离破碎的。靠着修修补补维持下去。上帝的恩典就是糨糊！"

杀死了上帝之后的现代人，也就杀死了自己，虽然他自以为就是上帝，以为占有了丰裕的物质、拥有了令人羡慕的名利、收获了女人的爱情之后，人自身就是"大神"，就能获得永恒的救赎。但奥尼尔在剧中深刻地揭示出，即使日神与酒神珠联璧合，人性依然是不完整的，因为他缺乏一个真正超越的维度，那就是对上帝的信仰。没有信仰，便没有救赎。戴上了戴恩面具、自以为已经完美如一的布朗，最后绝望地发现，他无法得到灵魂的拯救："天国已经空虚了。连上帝都已经对我们感到厌烦，他搬家了，搬到另一个遥远而充满欢乐的星球上去了，在那里人的生命成了闪烁的火焰！咱们只好没有上帝就死了。"带着一颗罪恶的灵魂死去的戴恩·布朗，虽然成就了人间的辉煌，收获了现代人的世俗幸福与快乐，但用糨糊修修补补黏合起来的人生，依然是残破的、碎片的，最终无法升入上帝的天堂。

天下

# 读懂了基辛格，就读懂了世界

基辛格是一个传奇。这位来自德国的犹太移民，成就了二十世纪世界政治多个标志性事件。他的前半生与哈佛结缘，后半生在白宫度过，很少有人像他那样在哈佛与白宫之间游走自如，既是一个大师级学者，又是一个长袖善舞的国际政客。

基辛格在哈佛的本科毕业论文，长达三百七十七页，导师看了前一百页，便情不自禁提笔批了"最优"。因为他的论文篇幅过长，哈佛因此制定了"基辛格规则"，限定大学生撰写本科毕业论文的长度，不得超过基辛格论文长度的三分之一。他的博士论文主题是十九世纪的维也纳体系，著名的基氏均势理论就此奠基。一九五七年,基辛格出版了《核武器与对外政策》,首次提出了有限战争理论,哈佛因此聘用他,他自此成为著名的国际关系研究大家。十二年之后,基辛格弃学从政,在尼克松总统赏识之下,在国际舞台上大展宏图,破冰中美关系、缓和中东局势、结束越南战争,因此而获得诺贝尔和平奖。卡尔·马克思有一句名言:"哲学家们只是用不同的方式解释世界,而问题在于改变世界。"马克思是一个既能解释世界,又能改变世界的历史伟人,基辛格也属这样的豪杰。

前几年基辛格的《论中国》一书在中国出版,在读书界风靡一时,我与许多学界朋友都视该书为经典,没有一个美国人比他更了解中国的当代政治与国家领袖了。二〇一五年,中信出版社出版了这位九十二岁老人的封笔之作《世界秩序》的中文版,我放下正在研究的课题,先睹为快。顷读之下,不由拍案叫绝。基辛格不愧为全球国际关系第一老法师,他有独家的均势理论,又梳理出以自家理论为骨架的历史演化脉络,兼以无人可比的从政经验,使得《世界秩序》成为他本人乃至国际关系领域的巅峰之作。

中国已经崛起,以世界老二的姿态,一步步走向世界舞台的中央。然而,我们关于世界秩序的知识储备配得上自己的经济实力吗?想改变和颠覆现存世界秩序的大有人在,然而,又有多少人真正了解现代的世界秩序究竟从哪里来,又将到哪里去?

读基辛格的《世界秩序》令人豁然开朗,它让糊涂者清醒,让清醒者更清醒——除非糊涂者不想清醒,清醒者以为自己最清醒。

众所周知,现代国际体系起源于十七世纪中叶的威斯特伐利亚和约。十七世纪初神圣罗马帝国内部天主教与新教的尖锐对立,引发了惨绝人寰的"三十年战争",日耳曼诸邦国六成的人口被消灭。交战各方不分上下,打得筋疲力尽之后,最后现实理性占了上风,交战诸国坐到谈判桌前,签订了威斯特伐利亚和约,各国相互承认主权、领土完整。从此基督教神权世界宣告结束,一个以民族国家为主体的新世界来临。

基辛格指出:"威斯特伐利亚体系的普遍意义源自它的程序性特征,即在价值观上是中立的。它的规则适用于任何国家:不干涉他国内部事务,边界神圣不可侵犯,国家享有主权,鼓励遵守国际法。"以往中世纪的战争都是以上帝为名的战争,各国为争夺神的恩宠、为占据宗教的正统而厮杀,那是价值的纷争,不可和解、无所让步,每一方的内心都充满了神圣的正义感,都自以为是上帝最好的选民,哪怕血流成河,尸骨遍野,也在所不惜,那些死难者不过是上帝意志在人间展现过程中被碾压的无足轻重的小草。

自十六世纪新教改革之后,欧洲逐渐进入了一个马克斯·韦伯所说的祛魅时代,一个共同的神消失了,每个国家、每个人内心都有自己所供奉的上帝。"三十年战争"是一场上帝之争,但没有一个国家有实力能够将自己的上帝强加于他国。于是,一种程序性的工具理性代替了实质性的价值理性。主宰国际关系的基本法不再是自以为是的神圣价值,而是工具性的主权承认;正义不再体现为究竟谁代表上帝,而是遵循普遍的程序性原则。这就是威斯特伐利亚体系的核心所在,因而它适应不同的宗教、文明和文化传统所形成的国家间交往。它是世界祛魅的世俗化产物,难怪今日的世界依然处在威斯特伐利亚体系的延长线上——除此之外,你想不出更好的解决跨宗教、跨文明、跨文化的国家之间纷争的有效方式。

从十七世纪的威斯特伐利亚体系到十九世纪的维也纳体系,维系和平的秘密不再是共同信奉的上帝,而是一只看不见的手——均势。价值祛魅的世界必定是一个霍布斯式的丛林世界。丛林世界要有和平,必须有各种力量之间的均衡,让每个国家都明白,合作要比不合作好,霸权之间保持适度的张力。威斯特伐利亚和约之后的两百年,欧洲避免了类似"三十年战争"的多国混战,首先是英国纵横捭阖,守护了欧洲大陆的整体均势,其次是法国操纵了中欧的均势,严防统一后的德国作为头号强国崛起。

然而,基辛格认为,均势是很容易被打破的,"均势至少受到两方面的挑战,一是某一大国的实力强大到足以称霸的水平,二是从前的二流国家想跻身列强行列,从而导致其他大国采取一系列应对措施,直到达成新的平衡或爆发一场全面战争"。拿破仑大帝的出现是前一种挑战，但很快为联合起来的欧洲强国所镇压，重新回到维也纳体系的新均势。而两次世界大战中的德国作为野心勃勃的后发达强国则是后一种挑战，也最终归于失败。

德国之后，再无挑战者？其实，世界的均势是相对的，而不平衡是绝对的。意识形态所激发的野心，国家利益的无限膨胀，会不断地产生对世界均势的挑战者。之所以如此，基辛格如此分析："威斯特伐利亚体系的弱点是其长处的反面。尽管这个体系有饱经战乱的国家设计，但它并没有提供一种方向感，它给出了分配和维持权力的方法，但没有解答如何产生的合法性。"这意味着，假如要实现康德的"世界永久和平"的理想，在利益的交易和实力的均衡之外，依然要寻找一种更高的共同价值——这一价值在当今世界，不必是高度分裂的宗教信仰，而是世俗性的人文价值。毕竟十八世纪的启蒙运动为世俗的人文价值奠定了全球基础，而且已经在世界各大轴心文明和民族文化之中获得回应。哈佛大学政治学巨擘约翰·罗尔斯在世时写的《万民法》，试图从不同的宗教和文明传统中发掘当今世界的普遍人权法则，就是继承康德壮志未酬的遗志，为世界秩序寻找新的合法性价值。

二〇一五年是世界反法西斯战争胜利七十周年，二战之后的欧洲，意识到仅仅靠均势的威斯特伐利亚体系，无法实现稳定的世界秩序，需要一个超越于均势之上的统一欧洲。法德之争是过去三百年间欧洲每一场战争的渊源所在，在冷战的背景下，法国与西德实现了终极性的和解，开始携手合作。冷战结束之后，一个统一的欧洲诞生了，欧盟的出现，象征着对威斯特伐利亚体系的摒弃，在民族国家之上，有了一个更高的、虽然是有限的价值与利益共同体。欧洲是多元的，也是同质的，这个同质不仅体现在多极世界中欧洲的共同利益，更重要的乃是来自古希腊罗马、中世纪基督教和近代启蒙所奠定的欧洲价值观，这是欧盟合法性的精神支柱所在。

当威斯特伐利亚体系的开创者正在超越自身、致力于建构一个世界新秩序的时候，亚洲却成为了这个业已过时体系的忠诚继承者。基辛格说："威斯特伐利亚模式的国际秩序如今在亚洲推行得最为得力，远强于欧洲，中东更是无法与亚洲相比。"历史上的亚洲与欧洲不同，并没有一个类似罗马帝国那样的共同帝国，也没有基督教那样的统一宗教。今日的亚洲各国，存在着各种宗教：中国的儒教，东亚的大乘佛教，东南亚的小乘佛教，南亚次大陆的印度教，印尼、马来西亚、巴基斯坦的伊斯兰教，还有韩国的基督教和菲律宾的天主教。亚洲成为了轴心文明最丰富、最齐全的地域。好在东方世界具有多神教传统，不像历史上一神教的欧洲和中东，为了一己之信仰而大打出手，发生宗教战争。不过，亚洲各国不同的宗教背景虽然不至于爆发战争，却是建立亚洲共同体难以跨越的屏障，因为超国家共同体的建立，最终还是要取决于是否有合法性基础——共享的价值观。

基辛格发现,今日的亚洲各国,民间大众的民族主义情绪泛滥,政府基本按照十九世纪欧洲的国家理性方式进行外交,国家利益至上,并不排除武力的选项。更要命的是,还缺乏欧洲式的均势。因为在欧洲,主要国家的利益即使不完全一致,也是相互兼容的。亚洲却没有这样的利益一致性,各大国为自己选定的重点就是明证,印度最担心中国,中国却认为与自己分量相当的竞争者是日本和美国。不过,这位老资格的国际关系权威也表达了谨慎的乐观:"现在印度、日本和中国均由有战略眼光的强势政府领导,虽然竞争可能加剧,但找到大胆的解决办法的可能性也大为增加。"在欧盟式的超国家共同体远未露出曙光之前,亚洲各国只能暂时按照威斯特伐利亚体系的原则维护脆弱的均势,美国是东亚均势的最重要砝码,日本与中国和解的可能性微乎其微,除非再次出现一个共同的敌人——在二十世纪七十年代至九十年代中日短暂的蜜月期间,所面临的共同敌人就是咄咄逼人的苏联。

冷战结束之后,美国成为新世界体系的主导者,两霸相争成为一霸独揽。不要忘记,美国是一个具有极端一神教传统的清教徒国家。早在一六三〇年,约翰·温思罗普总督就在驶往马萨诸塞的移民船上宣布:我们要在新大陆建立一座上帝的"山巅之城",其正义原则和榜样力量将激励整个世界。基辛格认为,近代欧洲秩序的基础一直是政教分离,将绝对的道德观与现实政治谨慎地分离,但美国的外交是传播美国价值观的工程,认为其他民族都应该渴望这套美国式的价值观,复制美国的现代化道路。美国是一个矛盾的大国,既有盘算自己利益的孤立主义传统,又有理想主义的传教精神,其外交政策经常在二者之间震荡,试图找到平衡点。但作为清教徒的美国人之最终信念,还是相信自己担当着上帝赋予的"天命",有责任拯救混乱和堕落的世界。"天命"意识在国家利益之上——仅就这点而言,美国与传统的中国倒有相似之处,中国的儒家士大夫相信天下主义,王朝之上还有天下这一普遍的正义秩序——只是当下中国的一些国家主义者不懂美国,以为美国的所作所为皆出自其自私的国家利益。不了解竞争对手的精神之魂,只能导致一而再、再而三的误判。

就塑造世界秩序而言,美国历史上最伟大的总统当属曾经做过普林斯顿大学校长的伍德罗·威尔逊。对于他,中国的知识分子并不陌生,五四时期的陈独秀称之为"世界上第一个好人"。威尔逊总统在巴黎和会上提出了十四点和平原则,最早论述了国际联盟的设想,以保障大小国家的领土完整与政治独立。威尔逊主义是超越威斯特伐利亚体系的理想与实践,可惜当年巴黎和会上如狼似虎的英国与法国,唯国家利益是图,视实力均势为唯一法宝,让威尔逊主义没有落地的空间,之后建立的国际联盟也只是一个中看不中用的空架子。

直到二战结束美国成为西方的新盟主之后,威尔逊主义才有了实践的机会。基辛格说,威尔逊之所以伟大,乃是他提出了宏大愿景,极大地激发了美国的例外主义传统,每当爆发世界性的危机,美国都会以某种理想主义的方式回归威尔逊主义。然而,威尔逊主义的悲剧在于,它留给这个举足轻重大国的,只是一套令人振奋但脱离历史感和地缘政治意识的外交政策学说,美国之后的一系列国家错误皆与此有关。比如美国的中东政策,事实证明,以多元民主取代萨达姆的残暴统治要比推翻这个独裁者困难得多,伊拉克内部逊尼派、什叶派和库尔德人之间由来已久的矛盾,在美国式民主选举之下,演化为无法整合的宗教与民族冲突。而以埃及革命为中心的"阿拉伯之春",最终被证明为不过是一场美国所不喜欢的"伊斯兰觉醒"。

向美国所主导的世界秩序公然挑战的,当属伊斯兰教。基辛格说:"伊斯兰教既是一种宗教,又是一个多族裔的超级国家和一种新的世界秩序。"伊斯兰教所想象的世界秩序,乃是一个没有祛魅的真主意志的世界。埃及穆斯林兄弟会的创始者哈桑·班纳提出,要用伊斯兰的制度取代世俗的民族国家体制。他充满激情地号召穆斯林:"穆斯林的祖国将延伸到全世界,难道你们没有听到神圣和全能的安拉的话?我们将与异教徒战斗到底,直到永远不再受到迫害,直到安拉是唯一的信仰!"在二十世纪的历史当中,曾经有多个世界秩序的挑战者,从希特勒的纳粹种族主义到斯大林主义,最后都归于失败，如今的伊斯兰教对基督教世界秩序的挑战，又会有什么样的结局？是短暂的威胁，还是一场永无止境的一神教之争？

威斯特伐利亚体系以其超越宗教、超越终极价值的程序性设计，为各民族国家的和平相处，提供了国际法的公共尺度。然而，正因为其背后价值合法性的不足，使得和平永远是战争之间的空隙，一旦国家间的均势被打破，就会有诱导战火的挑战者出现。哈佛大学一项研究表明，历史上的新兴大国和原有大国互动的十五个例子中，有十个最后走向了战争。

到了二十一世纪，中国作为一个新兴的大国正在崛起。从国家经济总量而言，十年之内，中国将超过美国，成为头号GDP大国。中美之间，难道必有一战？基辛格对此并不悲观。作为美国首屈一指的"中国通"，他对中国的了解未必比美国少。他承认，对于中美两国而言，彼此都是一个难以通约的"例外"："两国的文化和政治背景有着重大差异。美国的政策着眼于务实，中国则偏重概念。美国从未受过邻国威胁，中国的边境四周却时时刻刻强敌环伺，虎视眈眈。美国人相信每一个问题都有解决办法，中国人却认为每个问题的解决只会引起新的问题。美国人对眼前形势一定要拿出结果，中国人注重的则是大局的发展。美国人制定'可以做到的'计划，中国人只确定总的原则，进而分析它的走向。"不管基辛格的对比是否正确，但中美之间因为价值观和文明传统的差异，的确隔着一层无法打破的钢化玻璃。

自从晚清备受列强欺凌之后,中国放弃了天下主义的雄心,守护的只是威斯特伐利亚体系的民族国家主权底线,基本上自家管自家的事,表现出一种东方式的孤立主义。虽然二十一世纪以来崛起于世界,但诚如李光耀所说:"中国与其他新兴国家不同,中国想按照自己的方式被世界接受,而非作为西方社会的荣誉会员。""过去,苏联与美国抗衡以争夺全球主导权,现在,中国的行为纯粹是为了自己的国家利益,它对改变世界不感兴趣。"不过,东方式的孤立主义能够维持多长的时间呢?中国无意于挑战现存世界秩序,但作为一个黑格尔所说的"世界民族",中国的一举一动,总是会在世界舞台发生超乎自己预期的影响。

基辛格在该书中提出了一个世界秩序三要素理论:力量、克制和合法性。他认为:"秩序永远需要克制、力量和合法性三者间的微妙平衡。"中国作为一个新兴大国,已经拥有了青春期的肌肉与力量,也具备了中年人的隐忍与克制,独独缺少的,是关于世界秩序想象的合法性价值。

不要以为合法性价值不重要,那是世界领导权的核心所在。世界霸主的巅峰对决,最终不是实力的较量,而是价值观的比试。谁赢得了全球普遍的人心,谁就把握了世界文明的未来。在二十世纪,德国之所以两次挑战世界秩序失败,乃是其始终缺乏引导世界的新价值观和普世性建制。只有一己之民族利益和国家理性,是不会获得世界尊重的。

时殷弘曾经做过一个富有启发性的研究。他借助乔治·莫德尔斯基的世界政治大循环理论，发现近五百年来，所有对世界领导者的挑战无一不落入失败者的行列，替代老霸主成就新一代霸业的国家，都是先前世界领导者的合作伙伴。比如十七世纪取代葡萄牙的荷兰，十八、十九世纪的英国和二十世纪的美国。时殷弘提出的这一观点，或许需要作个别的修正，问题不在于国与国之间的关系，而在于对普世文明的态度：凡欲挑战全球核心价值的最终难免失败，而顺应普世文明又有所发展的，将有可能以新的文明领导世界，成为地球方舟的新一代掌舵人。

基辛格在书中有一个重要的观察。你以为威斯特伐利亚和约之后的欧洲，真的是靠力量的均势维持了两百年的和平吗？不，基辛格说，稳定的国际秩序需要各方价值观一致。当年维护欧洲秩序的政治家是一批宫廷的贵族，他们对诸如荣誉与责任这些抽象概念的理解毫无二致，他们代表了同一个精英社会，讲同样的语言（法语），出入同样的沙龙。国家利益虽然不同，也各为其主，但对国际法规则有共同的认知，对世界秩序合法性有心照不宣的认知。

读懂了基辛格，就读懂了世界。

# 为什么我不是查理？

如果说"九一一"事件改变了美国历史的话，那么，二〇一五年巴黎恐怖袭击事件，将改写欧洲的未来。它只是一起简单的恐怖事件，还是背后有更深层的宗教因素？十四年之前，哈贝马斯说过一句最意味深长的话："九一一"事件"触动了世俗社会的宗教神经"。如今这根敏感的神经再次被《查理周刊》碰触了。

"我是查理"——法国自战后以来最大规模的全民游行，发出了同一个声音。然而依然有各种异质的声音存在。法国许多穆斯林学生拒绝为《查理周刊》死难者默哀，半岛电视台说："这是一场极端主义之间的冲突，谴责那些可恶的杀戮，但我不是查理。"阿拉伯裔政治活动家Dyab Abou Jahjah在推特上发了一条广为流传的名言："我不是查理，我是那个被打死的警察艾哈迈德。《查理》嘲讽我的信仰和文化，而我为捍卫它的这项权利而死。"

"我是查理"所捍卫的，是民主社会的基石——言论自由，这是神圣不可侵犯的人权，除非它"直接地""显著地"伤害到了其他人。《查理周刊》以讽刺嘲笑各种宗教、权势者为己职，那些丑化穆罕默德、圣母、基督、教皇和总统的肆无忌惮，甚至有些低级趣味的漫画，许多人看了之后，恐怕多少有些反感，但经历过三百多年自由教育的法国人，会认为这是可以也是必须忍受的冒犯，文明就是一种对被冒犯的宽容。而伊斯兰原教旨极端主义者以肉体的消灭来对待言论上的冒犯，这就是欧洲文明绝对无法接受的野蛮。即使是反感《查理周刊》的人，也都站了出来，表明"我是查理"：我是反对野蛮的文明人。

巴黎百万人的游行队伍，从空间意义上寓意深刻，从共和广场，途径伏尔泰大街，最后抵达民族广场。"共和"象征着大革命以来的法兰西政治价值，伏尔泰的名言"我不同意你的观点，但要誓死捍卫你说话的权利"，成为不断被重温的座右铭，然而，当他们抵达民族广场的时候，法兰西人成为了具有高度同一性的nation了吗？

二十一世纪的法国，不再是那个"老欧洲"、单一民族的国家。在今天的六千万法国人当中,穆斯林人口有十分之一,而且这个比例还在继续高速增长,据说二十五年之后将过半数,法国很有可能成为一个伊斯兰国家!法国像美国一样,已经成为多民族、多宗教的移民国家,但法国人的观念没有变化,依然是一个国家、一个民族,法兰西就是一个政治—文化高度同一的nation-state。启蒙运动以来,法国人对人性的理解是一个理性的、抽象的、普遍的"人",这个"人"是去宗教、去民族、去文化的,在这一普遍人性的基础上,奠定了自由、平等、博爱的普世法则,建立起高度同质化的政治社会。宗教是私人领域的事务,被排斥在公共领域之外,法国官方的人口统计,从来不问宗教信仰。法国驻中国大使在接受《南方周末》采访的时候,明确表示他们只承认"法国公民"的概念,公共领域是高度世俗化的领域,宗教信仰不属于公共领域。

于是,在言论自由为基石的公共领域,宗教信仰成为不被特别尊重的对象,因为它只是私人事务。在美国这个宗教气质依然浓郁的国家,虽然有法律上的言论自由,但对公众人物设定了"政治正确",禁止一切种族的、民族的和宗教的歧视。像《查理周刊》这样经常亵渎宗教神灵与先知的漫画刊物,很难想象在美国能够生存,诚如《纽约时报》专栏作家所说,假如有人要在美国任何一个校园出版这类讽刺性刊物,它绝对撑不过三十秒。一个不同民族、宗教和文化的人群组成的国家，要形成一个和平相处的共同体，不仅有赖于政治认同的公民文化，也需要在宗教和文化上的互相承认与尊重，这就是查尔斯·泰勒所说的"承认的政治"，这个政治不是私性政治，恰恰是发生在公共领域的族群政治。

然而，在欧洲却没有美国这样的"政治正确"，于是发生了因《查理周刊》亵渎穆斯林先知而引发的血案。在公共领域冒犯神灵，在法律上没有被禁止，但未必在政治上就是正当的。如果被讽刺的对象冒犯了公共正义，是人类公认的邪恶，那么讽刺有其政治上的理由；假如仅仅因为其信仰被视为愚昧、不合时宜，而受到不加节制的嘲弄乃至亵渎，那么，就远远不是私人事务能够解释的了。在任何社会，即使是高度世俗化的欧洲，宗教永远是政治，而且是最敏感、最脆弱、最引起纷争的政治，特别是当它在公共领域出现的时候。

用"不作死，就不会死"这句网络语来评论漫画家们虽然刻薄，但未必不包含有某种警醒。在一个祛魅的世俗社会，现代人视自己的生命、财产、自由和个人之尊严为最高价值，但在许多教徒看来，比这些世俗之物拥有更高价值与无上尊严的，是自己的信仰。人的生命与财产可以毁弃，但内心的神灵不容遭到亵渎。在他们的眼里，个人的幸福与神的尊严无法分离。你可以不喜欢甚至讨厌这些虔诚的宗教徒，但在现代的多元社会，一个具有宽容精神的世俗人，不得不承认与尊重这些宗教信仰，只要它不是极端的原教旨主义，侵犯到世俗社会的公共正义。

巴黎恐怖事件的背后，是启蒙的深刻困境。启蒙运动让整个欧洲社会世俗化，相信人是理性的动物，宗教信仰被逐出公共领域。但理性无法完全取代信仰，理性有它的盲点，无法回应生命的终极意义、如何超越生死、是否有超越的彼岸世界这些宗教性问题。哈贝马斯在"九一一"事件之后，注意到世俗理性的有限性，越来越重视宗教在当代"后世俗社会"具有的不可替代的功能，他积极推动与后来成为罗马教皇的大主教拉辛格的对话。拉辛格有一句话说得很好："西方的两大文化，无论是基督教的信仰文化，还是世俗理性文化，事实上都没有压倒一切的普遍性，都有其内在局限，因此理性与宗教之间需要对话，需要互相监督。"

欧洲远比美国更世俗化，警惕各种宗教与心灵的权威。世俗化虽然在私人领域里面不排除宗教信仰，但它是向无神论和虚无主义倾斜的。法国因为历史上天主教传统过于强大，到了十八世纪启蒙运动和大革命时，出现了激烈反宗教、反专制的思想革命与政治革命。法国独特的讽刺艺术也是在这个背景下产生。"不敬是自由的命脉"，美国哥伦比亚大学教授西蒙·沙玛在英国《金融时报》的这句名言是法国讽刺传统的最好概括。《查理周刊》除了继承这个传统之外，还有另外一层背景。这个创刊于一九七〇年的讽刺刊物，是法国五月风暴的产物，作为一家左翼刊物，它嘲笑一切宗教和政治的权威，具有强烈的颠覆性。六十年代的西方反文化运动,冲击的是所有正统的文化,无论是宗教的、贵族的,还是世俗的、人文的。《查理周刊》继承了六十年代反文化运动的余韵,其鲜明的左翼风格背后,所吐露出来的正是后现代颠覆一切元话语的价值虚无主义气息。

于是,在当今法国,出现了各种奇奇怪怪的现象:极端虚无主义的激进左翼与极端民族主义的保守右翼在反对穆斯林上形成了统一战线,构成了奇异的"同谋";极端的世俗主义与伊斯兰极端主义相互冲突、震荡,一个诉诸语言的暴力,另一个还之以肉体的暴力。"批判的武器"对阵"武器的批判",世俗的虚无主义与宗教的原教旨主义以各自极端的方式,让今天的法国和欧洲动荡不安,演化成冷战结束以来最严重的内部冲突。

这是文明之间的冲突,还是文明与野蛮的冲突?毋宁说,这是一场极端的世俗主义与极端的原教旨主义之间的战争。如果世俗与宗教之间没有彼此的尊重与和解,这场战争将永无止境。所谓的和解之道,就进入欧洲社会的穆斯林而言,需要更多地世俗化,遵循文明社会的正义法则;而就作为主流的欧洲世俗社会而言,则是承认与尊重伊斯兰教的神灵与先知,他们不代表野蛮,在历史和现实中都是人类伟大文明的一部分。世俗对宗教可以有批评、有研究、有讨论,但不能用无聊的亵渎冒犯他者。

如果法国全体公民真的要携手抵达民族广场，实现法兰西民族的团结，那么就必须将伏尔泰的名言修改成："我不同意你的信仰，但要誓死捍卫你信仰的权利。"所谓信仰的权利，就是每一位国民的个人信仰、宗教情感和精神感受，只要不违背公共正义，就应该得到他人的承认与尊重，就像每个人的生命、财产与人格得到尊重一样。

今日之法兰西，已经是一个多宗教、多文化、多民族的国家，如果说"共和国"过去意味着政治同一的话，那么今天"共和"的内涵应该是多宗教、多族群的和而不同。和而不同的社会是一个文明社会，不再有野蛮的杀戮，不再有肉体和语言的暴力，不再有对他者的冒犯与亵渎，这个他者，既是与我们同样平等的个人，也是与我们同样伟大的异教文明。

## 安东：活着的古代世界

当我接到会议邀请的时候，还不知道何处是安东。

韩国首尔大学的金光忆教授发起了一个"二十一世纪人文价值论坛"，邀请韩国、中国、日本和欧美的学者聚会在他的老家安东，共同研讨儒家在二十一世纪世界的人文价值。我在网上检索，发现安东之于韩国，犹如曲阜之于中国，那是韩国儒家的发源地，儒学泰斗李退溪的家乡。从古至今，许多活跃在韩国政坛、学界的知名人物皆从那个偏远之地走出，有"韩国的精神文化首都"之美誉。

哦，首尔已经去了多少回了，何不去看看这个令人遐想的安东呢。

飞机降落在大邱机场。这个韩国第三大城市，原来叫大丘，因为尊奉孔子，故对圣人名字避讳，后来改名叫大邱。真是有意思，西洋人尊敬谁，就为自己的孩子起他的名字，叫保罗、彼得的比比皆是，而东方人讲避讳，圣人之名敬而远之，可尊不可亲也。沿着高速公路，从大邱到安东，不过一个多小时，山脉越来越秀丽，满眼绿色扑面而来，司机告诉我，安东到了。

会议下榻之处，是richell hotel。这个安东最大的度假酒店，在青山环抱之中、安东湖之畔，真是修身养性的好去处。从房间阳台望出去，不远处是一个外形特别的建筑，犹如古代儒生的帽子，原来这叫儒教乐园。安东人为了让子子孙孙都热爱儒家，用声光化电的现代科技和五维电影设计了这个展览，从娃娃抓起，寓教于乐，让小孩子通过参与体验，了解古代儒生的生活。

会议的第一天上午，在安东乡校举行盛大隆重的孔子祭祀仪式，子产不毁乡校，这在中国是两千多年前的事，韩国竟然今天还保存着乡校传统。来自全国各地的乡校代表，汇聚这里举行年度大祭。天空飘着霏霏细雨，祭祀者穿着黄色或白色的儒生服，在祭祀官带领下，口诵祭文，行礼如仪。这次祭祀邀请了两位出席会议的韩国与中国的政府高官，还有一位来自北美的金发碧眼洋教授出任初献官、亚献官和终献官。这几位年龄都在七十上下的大人物，身穿古代官服，匍匐在地良久,随后在随从簇拥之下,先后到孔子圣像和四大弟子牌位前行——献酒,行三跪九拜之礼,真是难为他们了。

这套祭祀是不折不扣的明代礼仪,据说韩国人为此非常自豪,认为曲阜的祭孔是清代的,受到了"夷礼"的污染,要论华夏之正宗,还不如他们。难怪清朝时期的朝鲜李氏王朝,顽强地保持对大明王朝的忠诚,自称"小中华"呢。安东人对古礼的执着和一丝不苟,让我感觉时光仿佛倒退了五百年。长达两个小时的祭祀,冗长单调,陪在一边的安东大学女学生,两次对我说:"太无聊了,太无聊了。"她告诉我,她是基督徒,如今的大学生,大多信奉基督教,信仰儒教的,都是爷爷一辈人。我注意了一下,上百位参与祭祀者,果然看上去年龄都过了耳顺之年。

午餐的时候,我与来自长沙的岳麓书院朱院长讨论,如何改进孔庙的祭祀。这次我们看到的安东祭祀,虽然原汁原味,但牌位前供奉的活生生的牛头、猪头,再加上三跪九拜之礼,与对生命和人格尊重的现代观念相去遥远,难怪年轻人不喜欢。我在欧洲和美国曾多次参加基督教祷告仪式,比较起儒教的古礼,基督教徒在上帝与耶稣面前依然有其自身的人格尊严,因为人性之中自有神性,对自身的尊重,就是对神的尊重。而仪式中的诵读圣经、颂唱圣歌和牧师祈祷,有崇高的神圣之感,也有艺术的愉悦之情,因此吸引了更多的年轻人。我个人对儒家的宗教化有同情性之理解,但儒家祭祀若不与时俱进，恐怕很难与基督教一争高下。

朱院长对我说，岳麓书院去年的祭祀，就按照民国的礼仪改良，以鞠躬代替跪拜，不再有触目惊心的牲口祭奉。我对岳麓书院的改革，深以为然。民间的祭祀活动，最重要的是"政教分离"，不邀请政府高官参与。政府在各种宗教面前，须保持严格的中立。如果有政府要人自愿参加，只能以个人的名义。儒家未来的希望不在庙堂，而在民间。儒家与官府的结合，只会被法家利用，是一条死路。而向民间发展，与社会结盟，形成秩序性宗教，乃是儒家重获生机之所在。

安东的骄傲、韩国一代大儒李退溪不就是如此吗？李退溪当年身为朝廷命官，厌倦无休无止的朝中党争，无数次辞官，最终得以还乡，创办陶山书院，实践"平行端正，专于学问"的儒者理想。陶山书院位于深山之中，车行一段绿荫蔽日的盘山公路，到达书院门口。从观景台眺望，远处山脉，簇拥着如同欧洲乡村一般的辽阔田野，间歇点缀白色农舍，顿感胸襟开阔许多。退一步海阔天空，俗世所争皆为身外之物，唯有回归乡野，方能找到安身立命所在。

在国内所见的宋明两代著名书院也算不少，但大多隐隐有庙堂之气，中国的士大夫毕竟还是放不下，所谓"身在江湖，心驰魏阙"吧。然而这个陶山书院，整体格局古朴、自然，充满着草根气息，可以想见当年李退溪带领他的弟子们，在此过着清贫的生活，秉烛苦读圣贤书的情景。金光忆教授告诉我，多山的安东比不上一马平川的光州，那里是产稻米的富庶之乡，而在这里，古代的儒生，即使身为两班（贵族）阶级，所吃所住，与一般的庶民也无甚差别，唯一令他们自傲的，乃是识字、有文化，更有高贵的德性。

在来陶山书院的路上，主办方特意让我们参观了崭新的儒教博物馆，最让我震撼的，是稀有的"藏版阁"。上下两层书库，珍藏着十五万片保存至今的木刻制版，像图书一般整齐地陈列在库架，除了朱子、阳明等儒教经书之外，还有许多李朝各代韩国儒者的文集。宋之后的刻板印刷术，还是从中国流传到韩国的，但我们这里历经战火、动乱、运动，那些刻板早就湮没在历史的尘埃之中，而小小的安东，却敬若神明，保存得如此完好。在这一刻，身为华夏帝国的后人，我竟然有一点汗颜。

韩国最美丽的是安东，而安东最美丽的是河回村。作为一个同姓村落，丰山柳氏家族在此生活了六百多年，村内的瓦房草屋历经岁月变迁，依然如故。柳氏的先祖们选择这块风水宝地实在太有眼光了，美丽的洛东江呈S形将村庄三面围住，揽在怀中，著名的芙蓉台是一块华丽的岩石，生长在郁郁葱葱的丘陵之中。夏日的河回村，村口是一大片开得热烈的荷花，当我惊叹于此处的美景时，导游轻淡地说，如果我们四月来的话，那会更美，河畔两岸有一公里长的樱花大道。呵呵，真不愧为世界文化遗产之地！

小小的柳氏家族，在十六世纪出了柳云龙、柳成龙两兄弟，一位是硕学大儒，李退溪的高足，另一位是历史名相，击退了倭寇的入侵。五百多年过去了，先祖们留下的文化风韵依然在村落回荡。接待方特别安排我们参观了一处不对外开放的民宅，名为"北村宅"，整个院落保持了两班阶级"耕读为本"的传统，无论是宏观布局，还是细微之处，质朴中透出古雅；农耕本色之中，有一种淡淡的书香。中国好多古建筑，虽则华丽，却已经死了；但河回村依然活着，每一处古宅，都洋溢着鲜活的生命，相隔多少代，主人依然在这里生活。若不是行程匆忙，真应该在这里住一个晚上。河回村有许多接待游客的民居。想象一下，晚上伴着星星在院落里喝安东烧酒聊天，清晨迎着朝露在樱花盛开的河边散步，那是何等令人羡慕的田园牧歌！昔日儒生的生命之根，真的不在壁垒森严的庙堂，而在这充满生机的乡野。

作为一个到过韩国多次的访客，我想很负责地告诉你：你可以不去首尔，但一定要来安东！首尔只是又一个全球化都会，而安东却让你看到一个独一无二的韩国。在这里，你会感受到什么是儒生们所生活的古代世界。而那个世界，在安东竟然还活着。

# 安·兰德和她的"粉丝"们

二〇一七年一月二十日,特朗普宣誓就任美利坚合众国总统,一个保守主义时代正式拉开了帷幕。全世界都在观察这位口无遮拦、变化无常的新总统,试图理解、把握他的思想逻辑。

要了解特朗普,不得不提到一位女人,特朗普团队中有许多政府要员都是她的铁杆"粉丝",那就是安·兰德。

在竞选最激烈的时候,特朗普面向狂热的听众,公开声明:"我是安·兰德的'粉丝'!"据说几乎不读书的他,难得地提到安·兰德的代表作《源泉》:"这是一本有关商业、美、人生、(内心)情感的书,里面几乎谈到了一切。"他还自诩为真实版的霍华德·洛克——小说中的英雄主人公，一位特立独行的天才创造者。

特朗普中意的新任国务卿雷克斯·蒂勒森是埃克森美孚石油公司的CEO，也是安·兰德的"粉丝"，他说安·兰德的另一部代表作《阿特拉斯耸耸肩》"是我最爱的一本书"，还直言不讳地说："我的哲学就是Make Money。" Make Money的直接意思是"赚钱"，按照安·兰德的哲学观，应该是"创造财富"。"赚钱"多少带有贬义，"创造财富"立即变得"高大上"了许多。特朗普政府中的中情局局长麦克·蓬皮奥声称："伴随我成长最严肃的一本书就是《阿特拉斯耸耸肩》，这本书对我的人生影响特别大！"被公认是安·兰德超级"粉丝"的BB&T前CEO约翰·艾里森被特朗普提名为美联储负责银行业监管的副主席，他说："和很多财富500强企业的CEO聊天发现，《阿特拉斯耸耸肩》对他们的商业决策有很重大的影响，即使他们并不完全同意兰德的所有观点。" 进入特朗普核心团队的硅谷创投之父彼得·蒂尔也是安·兰德的"铁粉"……本届特朗普政府团队，如果说有什么特征的话，除了亿万富翁，大概就多是安·兰德的信徒了。

安·兰德这位富有神魅的女人，究竟是何方神圣？

一九二六年二月十日，一条来自欧洲的德·格拉斯号游轮驶入纽约港。在甲板上欢呼跳跃的乘客中，有一位刚刚过了二十一岁生日的犹太女孩，她面对越来越接近的自由女神像，心中暗暗发誓："我一定要留在美国！"安·兰德后来回忆刚到美国那个傍晚的兴奋之情："我第一次看到灯火辉煌的摩天大楼的时候，正在下雪，零零星星地飘着几个雪珠子，我哭了起来，因为在我的记忆中雪花和泪水总是掺杂在一起。"她的本名叫艾丽斯·罗森鲍姆，出生于俄国圣彼得堡一个犹太中产阶级家庭，从小就对浪漫的童话没有兴趣，爱看改变世界的英雄故事。她狂热地喜欢电影，九岁的时候立志要成为一名作家。读了大学之后，又迷上了哲学。她为好莱坞电影中的世界所倾倒，"那是一个我有朝一日一定得在其中成长的世界，一个我一定得接触的世界"。

来到美国之后，一贫如洗的她靠写剧本和小说谋生，改名为安·兰德，凭着自己的天分与努力一步步得到社会的承认。一九四三年出版的小说《源泉》大获成功，随后又花了十一年时间，创作了另一部小说《阿特拉斯耸耸肩》，虽然不为学院派和主流文学界认可，却赢得了惊人的市场效应，成为常销不衰的作品，发行量在美国号称为仅次于《圣经》，成为二十世纪美国最知名的作家和思想家之一。她打出了客观主义的哲学旗号，创造了一个与基督教义相反的利己主义新宗教。这个世俗化的新宗教吸引了一大批门徒，布兰登和佩可夫先后成为安·兰德小团体中最忠诚的追随者和继承人，办学院、出版刊物、发展会员、周游全国演讲。她的信徒大多数是涉世不深的大学生、中产阶级精英，还有华尔街的银行家、笃信个人奋斗的创业人士。美国国会图书馆和每月好书俱乐部一九九一年联合调查的结果显示,她的《阿特拉斯耸耸肩》是"继《圣经》之后对当代美国人影响最大的一本书"。

有广泛信徒的新宗教,一定是通俗易懂、老少咸宜的流行思想。安·兰德虽然自称客观主义哲学,但她的思想体系并不复杂,快人快语、简单明了。《阿特拉斯耸耸肩》由出版畅销书出名的兰登书屋发行,在一次推介会上,一个图书销售员举手问作者:"您能不能用单腿站立的时间把您的哲学本质讲清楚?"安·兰德不假思索,脱口而出:"哲学是客观主义,认识论是理性主义,伦理学是个人主义,政治学是资本主义。"全场掌声雷动,庸众们最喜欢的,就是这种旗帜鲜明、朗朗上口的口号。安·兰德后来干脆将自己小说的主题提炼为"两个反对":以个人主义反对集体主义,以理性主义反对神秘主义。

一个人的童年记忆可能会铸就她的一生,安·兰德的父亲是一位很有商业经营头脑的犹太药剂师,他在圣彼得堡拥有一家大药房,十月革命以后被布尔什维克充公了,后来全家迁徙到克里米亚,又开了一家药房,仍然难逃国有化的命运。从小在高亢的集体主义理想和缺乏安全感的个人恐惧之间挣扎的安·兰德,对以神圣的崇高名义而要求牺牲个人的各种集体主义乌托邦终生都心怀警惕,视为宿敌。她讨厌一切集体主义、利他主义,谈到它们,每每咬牙切齿,深恶痛绝。稍微懂一点政治哲学的都知道,利他主义、集体主义和极权主义不能简单地画上等号,其中的差别大了去了。但安·兰德恨屋及乌,将它们一锅煮,将基督教、福利主义和极权主义统统装进一个集体主义(利他主义)的大箩筐之中,大加鞭挞。

与罪恶的利他主义相反的,是安·兰德最为欣赏的利己主义。她直言不讳地说:"人类(包括每一个人)本身是自己——而非别人——的目的,他为自己而存在,既不要为别人而牺牲自己,也不要别人为自己牺牲。追求合理的私利和个人幸福便是其生命最高的道德意义。"这类惊世骇俗的利己主义话语,在许多人看来是想得说不得,或做得说不得的,但安·兰德以一种人生哲学的方式,旗帜鲜明地亮出了旗帜,令他们感到酣畅淋漓,大快人心。

安·兰德区别了两种不同的私利追求者:一种是在生产中追求私利,为人类创造财富(Make Money);另一种是在抢劫中追求私利,指那些躺在福利政策下不劳而获的寄生虫。这两种人在道德上是完全不同的。财富的创造者与财富占有者完全是两类人,前者是发明家、商人和企业家,他们支撑了整个世界。后者不从事生产,只是热衷于重新分配。将别人的财富转移到自己口袋。那些在抢劫中获得私利的寄生虫们,打着利他主义的旗号,毁灭的正是真正的利己主义所创造的世界与财富。安·兰德大声疾呼要颠覆传统的道德观,真正的有德者正是那些真诚为自我的利益创造财富的人,"人们被教导自我是罪恶的同义词，无私是美德的理想。但创造者是不折不扣的自我主义者，而所谓的无私者正是那种不会思考、感觉、判断和行动的人"。

可以想象，当特朗普与他的亿万富翁所组成的政府团队读到安·兰德的文章，会如何的会心一笑；而安·兰德若地下有知，晓得她的"粉丝"们入主白宫，又将如何的兴奋莫名。像特朗普这样的商人，正是她心目中的道德化身。她坚定地认为，自利和自私是经济理性人的首要美德，自私的意涵是关注自己的利益，这才是道德的本质。没有人能为了他人而活。他不能跟他们分享自己的精神，正如同不能分享他的身体一样。人的生存只能依靠自己的头脑，因此人本身就是目的，而不是手段，因此人生具有追求幸福——私利的权利，理性的"自私"是一种美德；要实现这一权利和美德，最完美的政治制度就是建立在自由市场基础之上的自由资本主义。

特朗普说过，他当选之后的第一件事，是废除奥巴马推行的全民医保。安·兰德的忠实门生伦纳德·佩柯夫早就论证过：穷人的医保只能作为一项慈善事业，不能由政府通过法律强制推行。社会化的医疗保险不仅不切实际，无法运作，而且从理论上说根本是不道德的！佩柯夫也强烈敌视外来移民："如今，我们是福利国家，越来越多的试图成为寄生虫者会越过边境，以寻求政府的施舍物。对美国人来说，让外国人不受限制地进入就意味着邪恶的不公平——强制美国纳税人做出牺性,以支持来自全球的卑鄙之人。"安·兰德与她的信徒们为特朗普在美国与墨西哥边境建造隔离墙早早准备了道德的理由,因为养活那些揩油的外国移民意味着"邪恶的不公平"!

反对利他主义,只是消极面,安·兰德真正要塑造的,是一个利己主义的个人英雄观。她说:"我的哲学,实质上就是这样一种概念:人是一种英雄的存在,将他自己的幸福当作他人生的道德目的。创造性的成就是他最高尚的行动,理性是他唯一的绝对标准。"这里要注意的是两个概念,一个是"理性",另一个是"成就"。安·兰德从小就是一个犹太中产阶级家庭出身的优等生,聪明、知性、能干,在智商上高人一等。她只相信自己的理性,自己就是理性的化身。德国大思想家马克斯·韦伯曾经区别过两种理性:价值理性与工具理性。价值理性与终极价值关联,区分是非、善恶、美丑,而工具理性则与价值剥离,只是通过最有效的途径,以实现一个个具体的"小目标",以最小的成本,博取最大的收益。工具理性是资本主义的奥秘所在,而安·兰德所说的理性主义,正是韦伯意义上的工具理性精神。在她看来,理性的道德观不是划分善与恶,而是区别积极与消极。理性的人是积极的,是创造者、生产者、个人主义者,不理性的人是消极的,是寄生者、模仿者、集体主义者。显然,商人最符合资本主义的理性精神,他就是工具理性的人格化身。

矗立在曼哈顿四十大街的特朗普大厦,就是"理性"与

"成就"的物态象征,其气宇轩昂的外部身姿与奢侈豪华的内部装饰,没有丝毫精神与价值的成分,充满了资本主义的物欲气息。特朗普大厦虽然有形似哥特式教堂的高耸尖顶,但它并不通向上帝,只是人所创造的"客观"成就。这正是安·兰德哲学最欣赏的。她讨厌一切主观的、宗教的、乌托邦的元素,理性也罢,成就也罢,都是客观的物态所在,可以为独立于人的意志与价值偏好的客观效益所度衡。安·兰德自认为是美国资本主义的崇拜者,但她的哲学与英美式的经验主义和清教徒的宗教精神相去甚远。她来自俄国,继承的是欧洲大陆的理性建构主义传统,是欧陆启蒙运动释放出来的理性狂人,对人的理性极端自信,相信能够凭借自己的聪明才智和规划能力,为天地立法,重绘世界蓝图。

资本主义是一种最彻底的世俗意识形态,以工具理性的自大,排斥一切乌托邦,无论是来自激进的社会主义理想,还是保守的基督教传统。安·兰德不相信各种神魅,她以极端的无神论姿态,对各种她称之为神秘主义的乌托邦左右开弓,今天激烈批评福利主义,明天痛斥上帝与基督教。她反对一切宗教,因为她有自己的世俗宗教——美元教,诚如《星期六晚邮报》当年讽刺的那样:"兰德小姐堪称自由企业的圣女贞德,只是用美元代替了十字架。"毋庸置疑,特朗普与他的政府团队,信仰的也是这个"美元教",没有任何神秘,拒斥一切超越的乌托邦,不要与我谈什么人类精神,唯一的度量衡,就是可以用美元来衡量的"客观"的物质"成就"。

安·兰德虽然标榜自己的哲学叫"客观主义",却充满了尼采式的创造的个人精神。她说:"创造者不是无私的。自足、自我推动、自我创造就是他们超人力量的全部秘密。"小说《源泉》中的主人公霍华德·洛克就是这样具有天才创造力的超人英雄。他野心勃勃,在大学时代就反体制,与一切墨守成规的庸人作对。洛克来到纽约闯荡,像尼采笔下的查拉图斯特拉一样,挑战生活中的各种困难,在凡夫俗子的包围之中显现出天才的本色,设计出举世无双的曼哈顿摩天大楼,在庸人们的妒忌目光之中,他将建造中的自己创造的杰作炸成一片废墟。在法庭上,这位尼采式的天才超人向世界痛陈个人创造的伟大意义,最后感动了陪审团,被宣判无罪。英雄终于赢得美人归,与崇拜他的女人一起升向新的世界巅峰。特朗普曾经以《源泉》中的洛克自诩,自信满满的他,的确在世界"创造者"洛克那里看到了自己水中的影子,那样笑傲江湖、睥睨庸众,将整个世界连同美人一起揽入怀中。

来自俄国的安·兰德是一个奇怪的矛盾体,她的观念是理性的、冷峻的,气质却是浪漫的、激情的,在她生前最后一次公开演讲中,她引用《阿特拉斯耸耸肩》中的主人公高尔特的名言作为结束:"你要捍卫自己的人格,捍卫自尊的美德,捍卫人的本质;至高无上的理性头脑,你应该无比坚定,完全相信你的道德就是生命的道德,为地球曾经存在的一切成就、价值、伟大、善良和幸福而斗争。"理性的头脑与浪漫的意志,在安·兰德身上奇妙地混杂在一起而不自知,她有着工具理性准确计算的冷静,又富于某种煽动性、启示性的先知魅力,让她的信徒们为了理性的信仰而如痴如狂。这种世俗性先知的神魅性,同样表现在特朗普身上,只要看看他在竞选演讲中,底下白人蓝领听众们如饥似渴的眼神,就可以明白,即使在一个世俗社会,宣传最世俗化的意识形态,也同样会激起原教旨主义般的狂热。世俗主义的狂热不比宗教的狂热更令人宽心。一篇《阿特拉斯耸耸肩》的书评尖刻地指出:"她笔下那些戏剧性的商人实际上就是尼采式的超人。"

《阿特拉斯耸耸肩》是比《源泉》更能代表安·兰德思想的反乌托邦小说,它虚构了在经济大危机时代,美国政府模仿苏联实行统制经济,搞得局面不堪收拾。这个当口上,愤而起来罢工的不是普通的工人,而是安·兰德心目中的"创造者":发明家和企业家。这些社会精英逃离到一个神秘的山谷,在工程师约翰·高尔特带领下建立了一个个人主义的乌托邦,冷看被集体主义主宰的现实社会自取灭亡。安·兰德花了整整两年时间,推敲"创造者"领袖高尔特的压轴演讲。长达六页的演讲稿体现了她的核心思想:财富是由少数精英人物创造,英雄的选择将拯救堕落的世界。

虽然安·兰德是一个激烈的无神论者,但她像俄国的革命者一样,其极端的反宗教姿态本身充满了东正教气息,相信自己就是弥赛亚，甚至上帝本身，当众生误入迷途之时，将降临人间拯救堕落的人类。优等生出身的安·兰德在气质上与英美的清教徒传统格格不入，她蔑视草根，讨厌平庸。清教徒的领袖是社会自治的产物，与家庭、宗教和社区有着血肉的联系，美国的建国领袖大多是从底层脱颖而出的乡绅，带有乡下人的质朴，他们信奉的也是庸常的经验，《独立宣言》与美国宪法就是一组盎格鲁—撒克逊历史传承下来的经验常识。

然而，安·兰德不同，她身上更多的是欧洲大陆的风格，不仅有法式启蒙运动的传统，相信理性与知识是人类的精华，而且更具有德国尼采的超人精神，坚信与芸芸庸众为敌的少数精英可以拯救世界。十九世纪俄国知识分子的大脑与心灵正是由法德两种文化勾兑而成，安·兰德无论如何膜拜美国的资本主义，她的全部身心早在少女时代就被她所痛恨的俄国文化所形塑。她笔下的那些拥有财富与智慧的"创造者"阿特拉斯，就是希腊神话中以双肩支撑苍天的擎天神，一旦得罪了他们，阿特拉斯们不高兴了，只要耸耸肩膀，罢工不干了，便山崩地裂，人类的末日来临。在安·兰德看来，资本主义的自由市场就是由少数精英领导的，自由市场和自由社会不是由多数庸众统治，他们只会压制少数创新者和知识巨人，将人们拉平到某种共同的水准。只有少数才华出众的人士出面领导国家，不断提升自己的同时，才能将自由社会提升到他们那样的水平。

一九四一年，安·兰德模仿马克思《共产党宣言》的风格，发表了一篇长达三十三页《个人主义宣言》。她对个人主义（确切地说是精英主义）所具有的狂热，与清教徒的审慎与谦卑格格不入，对人性中与生俱来的贪婪和骄傲也缺乏起码的警惕。她相信理性拥有无远弗届的魔力，超人的意志将拯救堕落的庸众。安·兰德这种知性的骄傲，在华尔街和硅谷当中有广泛的知音，特朗普与他的富豪团队更是个个自命不凡，自信是拯救天下的不世英雄。特朗普在商场上是一代枭雄，也是美国社会家喻户晓的电视明星，本来已经无所可图，但实在对讨好"庸众"的奥巴马和同样平庸的政客们看不下去，认为他们将国家搞得一团糟。天将降大任于斯人也，于是他出山竞选，许诺要以自己高人一等的聪明与才干，让美国变得"再次强大"。许多人认为特朗普太狂妄、太可笑，但按照安·兰德的精英政治逻辑，特朗普是给美国带来救赎与新生的弥赛亚，不啻为现实版的霍华德·洛克与约翰·高尔特，而特朗普的确也是以霍华德·洛克自许。

既然安·兰德与美国的清教徒精神格格不入，为什么她在美国会大红大紫？这就要说到美国人性格中复杂的两面性。最早的美国人是坐着五月花号船来到新大陆的新教徒，他们对上帝有着虔诚的信仰，坚信自己是上帝最好的选民，而证明自己的最佳途径，是在现实社会中的世俗成功。然而，积累财富、拼命赚钱，不是为了满足世俗的欲望，只是为了向上帝证明自己对信仰的虔诚。第一代企业家都具有清教徒的"入世禁欲"精神，努力、勤俭、诚实，物质上无欲无求，甚至节俭到不近人情的地步。富兰克林是最早的资本主义人格化典范，他在日常生活中，谨守自己制定的十三条美德：克制、谨言、有序、决心、俭朴、勤勉、诚恳、公正、中庸、清洁、镇静、节欲、谦虚。富兰克林像朱熹教育出来的儒教徒那样，每天晚上记功过格，检查自己一天的言行，是否符合美德的要求。他想通过自己的努力，让更多的年轻人相信，世界上没有其他品质像诚实、廉洁那样，可以让穷小子发财致富。

不过，原始的资本主义精神有宗教的性格，同样有世俗的一面。世俗的物质欲望，一旦被释放出来，就像跳出潘多拉盒子的魔鬼，再也无法收回。于是，到了第二、三代之后，资本主义逐渐从"入世禁欲"蜕变为"入世纵欲"，上帝的神魅渐渐褪去，不再有宗教性，剩下的只是人性中的贪婪本性、对财富的无穷渴望。曾经对资本主义有过研究的两位德国思想家，马克斯·韦伯强调的是其"入世禁欲"的宗教性格，而桑巴特更重视的是"入世纵欲"的世俗一面。后者认为资本主义是与清教精神冲突的，其产生于奢侈，十七至十九世纪的富人们渴望通过奢侈性消费进入贵族阶层，获得上流社会的认同。桑巴特还认为，资本主义与犹太人古已有之的理性主义和商业精神有关，没有犹太教，就没有资本主义精神。犹太民族盛产大科学家、大银行家和大企业家，绝非偶然。安·兰德是来自俄国的犹太人,她对理性知识与金钱财富的膜拜,视科学家和企业家为世界财富的真正"创造者",不能说与她的犹太背景毫无关系。

相比较欧洲,美国是最具有资本主义精神的一片国土,无论是它的清教传统,还是世俗性格而言,都是如此。安·兰德的继承人伦纳德·佩柯夫说:"从本质上说,美国是由利己主义所创建的。开国之父预想的这片大陆是自私自利和追求利润的——也就是一个自力更生者、个人、自我和'我'的国家。"这无疑是对富兰克林那第一代资本主义者的严重误读。海涅说:我播下的是龙种,收获的却是跳蚤。当代那些只关注个人利益的跳蚤们岂能理解当年开国龙种们的宗教情怀!然而不得不承认的是,历史上的美国,一无贵族传统,二无社会主义运动,美国人普遍相信个人奋斗,视物竞天择、适者生存为理所当然的天然法则。这就是安·兰德能够在美国走红的社会土壤,也是特朗普这位从无从政经历、私德上毛病多多的商人能够当上总统的渊源所在。一大批美国人不相信眼泪,只认成功。特朗普既然在商场上那么出色,为何不能用商业的原则来治国?"让这个人试试",成为许多美国底层白人的普遍呼声。

美国一直拥有强大的保守主义传统,然而,小布什奉行的是宗教保守主义,其社会基础是美国南方和中部的基督教福音主义,而特朗普相信的则是世俗保守主义。虽然他也是一位基督徒，但无论是他的自传，还是演讲，很少有上帝的影子和宗教的气息，更多的是自我的迷恋和对商业精神的膜拜。可以想象，特朗普治理下的美国，将是一个商业共和国。

特朗普的思维、语言，都是商人的逻辑。商人以交易为最高美德，没有什么绝对的原则，更没有绝对的是非、善恶、正义或邪恶。一切皆可交易！在特朗普这里，原则不过具有工具性的价值，是商业谈判的手段，可用可不用，无可无不可，一切原则都要服从最高的目的：自我利益的最大化。

自由交易是资本主义商业社会的核心，世俗保守主义者特朗普唯一信奉的，就是这一法则。特朗普的性格不难理解，在反复无常的表面背后，是对自我利益的冷酷坚守。他是透明的，从不假惺惺，以各种冠冕堂皇的理由为自我利益辩护。宁愿爽快当一个真小人，也不吃力做一个伪君子，这就是赤裸裸的商人性格。在特朗普自传出版的时候，美国各家报纸早将他看透了。《纽约时报书评》一言而蔽之："特朗普是为交易而生的。"《圣地亚哥联合报》评论说："正如狮子的属性是'肉食动物'，水的属性是'液体'，特朗普的属性，是'生意人'。"

特朗普与他的商业伙伴们，精通于商业上的交易，却不懂如何建立一种商人哲学。特朗普不会的事情，由安·兰德替他完成了。安·兰德哲学的全部核心，乃是彻彻底底的资本主义商业伦理。她坦率地说："我喜欢美元符号，因为它是自由交易的标志，所以，也是自由思想的标志。"《阿特拉斯耸耸肩》中有一位大企业家，如此说："金钱就是一个社会的美德的气压计……金钱是一种非常高贵的媒介，它不会跟残忍讲条件。它不会允许一个只有一半所有权、另一半靠强抢的国家生存下去。"

金钱拜物教，是马克思对资本主义社会最犀利的揭露和鞭笞，安·兰德虽然对资本主义的态度与马克思截然相反，但对其本质的认识却是高度的一致：一个以金钱为唯一度量衡的物欲化制度，与美国清教徒山巅之城的宗教理想差距甚远。金钱之国，是安·兰德对美国的最崇高赞誉，那是历史上第一次出现的人类光荣。她热情地讴歌商人的伟大历史功绩：商人是"是伟大的解救者，他们在短暂的一百五十年的时间内，已经将人们从自然需求的束缚中解救出来；将他们从极度痛苦的、手工劳动日工作时间高达十八小时的苦役中解教出来"。有史以来第一次，人的精神和金钱都获得了自由，统治社会的正是人的最高级类型：拥有自我创造能力的美国企业家。

假如特朗普听到安·兰德的赞誉，一定会心花怒放，因为他正是她所倾心膜拜的"美国企业家"：一等的智商、一等的创造力、一等的经商才华，接下来，他将证明给美国和世界看的，将是一等的治国能力。特朗普在自传中说："钱不是我生命的全部．它只是衡量我成功的方式之一．我真正享受的是赚钱的过程。"再过四年甚至八年，他或许会如此写道：

"权力只是衡量我成功的方式之一,我真正享受的是掌权的过程。"是的,商人对金钱的膜拜,政客对权力的追逐,其实都不在金钱与权力本身,而是对自我的迷恋,通过一等的成功,证明自己是人世的君王、世俗的上帝,这才是资本主义精神的奥秘所在。

安·兰德死后被誉为"美国商业文化的代言人",她的"粉丝"遍布华尔街与硅谷,多的是企业界、金融界和科技界的顶尖精英。他们喜欢读她的作品,从她的言论中获得精神的鼓舞和伦理的证明。在安·兰德宗教小圈子核心成员当中,有一位后来成为美国联邦储备委员会主席的年轻人,那就是格林斯潘。每个周末的小圈子聚会,格林斯潘必定到场。原来他最迷信的是经济学的数据,对他来说数据就是一切,他相信"数据不会欺骗自己,能让自己如愿"。他雄心勃勃地试图通过客观的数据,设计一个把握经济运作规律的"格氏模型",就像牛顿发现的万有引力定律一样。但格林斯潘碰到了一个棘手的问题:谁是经济运行的第一推动力?"上帝之手"在哪里?那是各种数据模型推导不出来的。格林斯潘认识了安·兰德之后,有醍醐灌顶、茅塞顿开之感,原来经济学世界的"上帝之手"就是像霍华德·洛克、约翰·高尔特这样天资卓绝、特立独行的精英创造者!他认定,安·兰德为资本主义的自由市场体系奠定了道德基础。格林斯潘在任美联储主席期间,大力推进新自由主义政策,鼓励各种金融创新,最后酿成二〇〇八年因金融衍生品引发的全球金融大危机。到了这一刻，自信的格林斯潘才对安·兰德哲学有了一丝丝怀疑：想到了人性的贪婪，没想到人性是如此的贪婪！

当年安·兰德的灵魂进入了美联储，今天百尺竿头更进一步，她的幽魂又入了白宫。最后结局如何？不免让人捏一把冷汗。安·兰德一直召唤所谓的"新商人"与"新知识分子"。在她看来，传统知识分子总是以反对商人为己职，"新知识分子们必须为资本主义而战，不是将其视为一种'实际'事务、一种经济事务，而是怀着最为正义的自豪作为一种道德事务而战。这是资本主义理应得到的荣耀"。新知识分子是自由资本主义的思想斗士，新商人则是新知识分子的观念实践者。一个是灵魂，一个是肉身。读懂了安·兰德，也就能预测特朗普将何去何从，会打什么样的牌，有什么样的未来。

情怀

## 小时代中的理想主义

人生最重要的就是有梦想相伴,这才是好的人生和有期待的人生。那么,青春和梦有关系吗?今天大家都在谈"中国梦",这个梦的真正意义是说,让我们每一个人都有梦想,而且可以实现自己的梦想。问题在于什么是我们的青春梦想?有了梦想,它有可能实现吗?

什么叫大时代?鲁迅先生曾经讲过:所谓大时代,就是一个不是死就是生的时代。我读大学的八十年代,就是这样一个大时代。这个生和死,不仅是国家的、民族的,也是每一个人的。八十年代的时候不是每个人没有梦想,而是自己、个人和家、国、天下的命运联系在一起,无法撕裂。

但是，我们知道今天这个时代进入了一个所谓的"小时代"。小时代意味着什么？郭敬明在接受新浪娱乐记者采访的时候，有一段非常精彩的表白，他说："我就是这个时代的'中国梦'，核心就是要成功，要白手起家，一路飞黄腾达，最后站在财富和地位的最高点。我不是'富二代''官二代'，我是真正从四川一个小镇来的，什么关系也没有，长得也不是说惊人的帅，个子也小小的，我有什么呢？只有凭我的脑子，这是我唯一拥有。所以我一路走到今天，会激励很多人。"

读了这段话，我突然明白了郭敬明之所以这样红，这不仅仅是小女生的梦幻式的向往，而是代表了中国相当一批年轻人的梦想。这个梦想是什么？就是两个字：成功。这已经成为今天中国的主流价值。成功的标志通常是物欲化的，用某些稀缺的财富和资源来衡量的。

郭敬明很自豪，如果他是"官二代"，他爸是李刚，或者他是宗庆后的子女，那不新奇。但他是凭着他自己的聪明才智和能力站在了那个位置上的。他可以说，他的成功可以复制，所以他对很多中国底层的年轻人，有很强的示范效应。我觉得郭敬明不是一个人，他代表了中国相当一部分还在底层挣扎，又有梦想，希望往上游动的年轻人的梦想。似乎只有往上走，成为人上人，他们才能得到别人的尊重，才能被别人看得起，最终被自己看得起。郭敬明毫不讳言，他就是一个小时代里面最成功的典范,虽然他也有虚幻的爱国观念,但是这种宣言到底有多少真实的成分,是否是商业上的宣传?不知道。

李安的《少年派的奇幻漂流》里面说,每个人心中都有一只老虎,老虎代表着野心、欲望与恐惧。同样,在一个小时代里面,每一个人内心当中都有一个郭敬明。问题只是他有多大,他在你内心当中,是处于主流还是处于边缘的位置?

我是"文革"之后第一届考入大学的大学生,俗称七七级。现在回顾八十年代,我把那个年代称之为"后理想主义"的年代,"文革"结束了,八十年代开始了,但是那个时候的氛围还是一个革命的年代,把改革也看作一场革命,甚至以革命激情方式搞改革。前几年网络曾经流传中央电视台《东方时空》节目组搞的内部的春节晚会,模式套用的革命年代的《长征组歌》,表演者都是白岩松、敬一丹、崔永元这些央视的当红主持人,他们将当年红军革命时的万丈豪情移用到中央电视台的改革事业上,那种革命的精神状态完全接轨,非常吻合。对改革就像对革命一样,有一种宗教般的热忱,一种像热恋一样的献身精神。革命和恋爱实际上是一回事,革命者永远是浪漫的,浪漫的人也最容易去革命。

我将这些非常纯粹的革命精神称为青春的精神。我们不要以为这个青春精神在毛泽东年代才出现,不,从晚清就开始了。中国的传统文化不是青年人的文化,是老年人的文化,三代是最美好的,最重视的是长老的经验。但是到了晚清以后就不一样了，世界发生了变化，三代的理想被摧毁掉了，取代的是一种新的世界观：进化论。未来是美好的，年轻人代表着未来。所以从梁启超开始就热烈地歌颂青春。你看，晚清梁启超写的《少年中国说》："红日初升，其道大光。河出伏流，一泻汪洋。潜龙腾渊，鳞爪飞扬。"最后说："美哉我少年中国，与天不老！壮哉我中国少年，与国无疆！"从梁任公开始，中国出现了一种精神，叫"少年中国"，后来五四时期有一个著名的团体，就叫少年中国学会，出版了《少年中国》杂志。发扬光大的，就是青春的精神。

今天五四被简单化约为爱国运动，其实五四不仅是爱国运动，还是一个青春运动，有一种青春的精神，开创了青年学生主动参与国家大事的现代传统。五四精神当中，除了民主与科学之外，还有一种青春精神，当时这些年轻的学生们发扬了中国士大夫以天下为己任的精神，以自己的青春来改变社会，改造国家。五四的精神导师李大钊先生在五四之前就写过一篇文章《青春》——那个时候他还在日本留学，是早稻田大学的学生。他如此写道："青年循蹈乎此，本其理性，加以努力，进前而勿顾后，背黑暗而向光明，为世界进文明，为人类造幸福，以青春之我，创建青春之家庭，青春之国家，青春之民族，青春之人类，青春之地球，青春之宇宙，资以乐其无涯之生。乘风破浪，迢迢乎远矣，复何无计留春望尘莫及之忧哉？"五四后，毛泽东在湘江畔，也发出了如此豪言壮语:"恰同学少年,风华正茂;书生意气,挥斥方遒。指点江山,激扬文字,粪土当年万户侯。"这种青春精神后来延续到革命者那里,中国共产主义的事业与五四有一脉相承的精神,革命精神也是从青春精神中发展演化而来的。

八十年代是一个后革命的年代,也把青春所代表的理想主义延续下来,以理想主义的浪漫从事改革。然而,在现实之中,却遭受了很多挫折,理想幻灭了。从一九八七年初到九十年代初,包括我在内的许多年轻人内心是很痛苦挣扎的:理想主义是我们的宿命,但是理想的实现又是那么的虚幻,究竟怎么办?在什么意义上来确证自己的理想?

在九十年代的时候,我读到了现在已经去世的北京作家史铁生的作品,其中最让我震撼的是《我与地坛》。《我与地坛》如今已经成为中国文学的经典,这个经典与其说是文学性的,不如说是精神性的,史铁生写出了我们这代人的精神创伤和受伤后重新寻找理想的心路历程。理想主义最重要的问题是什么?如何确证我的生活意义?这些问题解决不了的话,人就没法确证自己,虽然北岛很早就说"我不相信",但是一个不信的人是很孤独的,而按照崔健的说法,孤独的人是可耻的。因为孤独的人不再与宏大的目标联系起来,就变得非常渺小。我们这代人一定要将自己的人生与某种理想和意义联系起来,但是我们曾经所信仰的那些东西都幻灭了,看不到有成功的时候,那怎么办?史铁生告诉我们一种新的理想主义,我称之为"后理想主义"。传统理想主义是目的论的,把理想建立在一个宏大的乌托邦目标之上,这种目的恰恰与过去的革命悲剧一样,过于实质化,为了实现理想,践踏路边的小草都在所不惜,最后走向了其反面。这是一种实质性的理想主义。

实质性的理想主义到了九十年代初已经幻灭。在这片信仰的废墟上,一个虚无主义的时代到来了。如何既克服传统理想主义的虚妄又避免虚无主义呢?史铁生讲得非常好:"意义的确证应该从目的转向过程","生命的价值就在于能够镇静而又激动地欣赏这过程的美丽和悲壮,从不屈获得骄傲,从苦难获得幸福,从虚无创造意义"。这些话是需要体会的,你没有经历过深刻的创伤感很难体会这些话,这需要人生的一些阅历去感受它。史铁生年轻的时候是一个很健康的人,后来因为生病成为坐在轮椅上的残疾人,就像一头猛狮囚禁在牢笼里面。在最绝望的时刻,他每天独自驾着轮椅到地坛公园沉思默想:我活着到底有什么有意义?这是一个哈姆雷特式的生与死的问题。最后史铁生想明白了,对于我们这个时代的理想主义者来说,最有意义的不是你最后实质性地获得了什么,真正的意义在这个理想的过程。至于最后你是否实现了理想,这不是最重要的。这种人生过程论的理想主义看上去好像比较荒谬,却有深刻的哲学意蕴。他让我想到,法国诺贝尔文学奖获得者加缪。加缪写过我最喜欢的《西西弗的神话》。西西弗因为得罪了宙斯,被罚每天推着沉重的石头上山,但是一推到山顶，石头就会隆隆地滚下来，他的命运就是周而复始的，每天重复做着一件似乎没有结果的劳作。西西弗的人生是够荒谬、够悲惨的，但是西西弗有一天想明白了，自己的命运的确很荒谬，但是只要他意识到这个荒谬，他就战胜了这个荒谬，他就成为一个永远不能被打败的英雄，因为他人生的意义不在于结果当中，而是他能够向这种荒谬的命运抗争。

西西弗的精神不是西方人独有的，也是中国古代士大夫的精神。孔子说"知其不可而为之"，也是这个意思。孔子也很悲惨，孔夫子当年周游列国，去传播儒家之道，但没有君主把他当回事，但是孔夫子还是坚韧地去实践他的理想。激励他与后来无数代士大夫的，正是"知其不可而为之"，这种精神与西西弗的精神是相通的。鲁迅曾经写过一篇《过客》，是我最喜欢的鲁迅散文，他笔下的那个过客，明知前面是一片坟地，人家都劝他不要往前走，前面都是死亡和鬼魂等着他，但过客依然要往前行。

这就是后革命年代的后理想主义。在史铁生、西西弗、孔夫子和鲁迅身上，有这样一种"知其不可而为之"的精神，在虚无的命运中超越了宿命，成为反抗虚无的英雄。到了八十年代后期，能够支撑我与一批八十年代的过来人，大概就是这种"后理想主义"。我们受到的挫折实在太多，如果我们坚持过去那样在乎结果的实质论理想主义，大概是支撑不下去的。能够让我们坚持下去的，正是这种带有虚无感和荒谬感的"后理想主义"。我不在乎是否成功,我在乎的是自我价值、自我意义的确认,不管结果如何,为自己的理想努力过了,奋斗过了,就乐在其中,为信念而活着,为享受过程而活着,除此之外,别无他求,如此而已。我之所以交代这个心路历程,就是让读者朋友知道八十年代不全是玫瑰色,全都生活在希望的田野上,我们也是从废墟里面爬过来的,有过激烈的天人交战。

九十年代中期以后,中国进入了一个世俗社会,正式告别了"革命年代",整个社会开始市场化、世俗化,这是中国从晚清到九十年代之前所没有过的。八十年代知识分子对民众搞启蒙,到了九十年代,上海一个学者如此忏悔说:"原来我们以为老百姓需要我们启蒙,搞了半天原来老百姓比我们更懂生活,谁启蒙谁呀?我们这些读书人才是最不懂生活的,最迂腐的!"从此他就开始拥抱世俗,把国家的富强、百姓的物质满足作为评价现实的最高尺度。应该说,像他这样到九十年代发生大转向的知识分子,绝对不是个别的。

社会发生了大变化,理想主义变得非常可笑,社会上下出现了一种新的理性,叫做工具理性。德国大思想家马克斯·韦伯区分了两种理性:价值理性和工具理性。无论欧洲的基督教还是中国的儒家,古老的文明都是价值理性,只要目的是合理的,那么你的行动就是合理的,理想主义就是一种价值理性,但是九十年代中期以后进入世俗化社会之后,另一种理性占了上风,那就是世俗化社会的工具理性。在世俗社会里面,上帝死了,一个统一的价值也死了,出现了各种各样的信仰、各种各样的神,你有你的信仰,我有我的信仰,不再有一个终极的价值判断标准。韦伯指出,现代人采取了一个新的理性标准,用工具理性代替价值理性。终极的目的和价值是不重要的,重要的是设定一个具体的、功利的目标,理性的功能就是为了实现这个目标,采取什么样的方式是最合理和有效的。比如说许多人要当公务员,但他不会去考虑当公务员有什么意义,是否适合自己,他考虑的只是为了考公务员,如何安排自己的行动计划。人的一生就变成设计一个阶段一个阶段的具体人生目标,以及为实现这些目标而采取的努力步骤。这就是工具理性的人生。

这样的工具理性人生,同样从社会影响到大学。工具理性不仅在社会上,而且在校园里面也逐渐成为一套主流价值观,一套没有价值的价值观。杜拉拉提前进入了校园,学校今天就成为一个职场。今天的大学,已经不是过去的大学,过去的大学是一个与社会不同的地方,充满着各种理想,是理想的实验场。然而,今天的中国从中学开始就没有梦想了。从中学到大学失去了理想主义。这怪不得学生,是整个氛围变了,大学变了。

然而,一个真正有意义的人生,不是自我设计的结果,而是制订一个理想的大目标,根据自己的个性和爱好,将自己打造成器，然后顺应机遇，一步步接近自己理想的过程。通往理想的道路，不是只有一条，而可能有多条。今天这个社会千变万化，人生不会跟着你的设计走，而是设计跟着人生走。因此，人生不是靠工具理性设计出来的，不是设定一个一个具体的目标，关键是让自己成为优秀的人，有理想，有抱负，但是这种理想和抱负又不能太具体。要相信天生我材必有用，东方不亮西方亮。

　　智力中等的人也能干大事，只要你不那么功利，有一份兴趣，有一点勤奋，就OK了。为什么？今天这个时代，聪明人太多，总是在窥测什么是时髦的，什么是赚钱的，自己就在后面跟风。但是你们发现没有，太聪明的人成不了大事。为什么？因为他没有自我，总是不断在变，结果没有一个行当他是站得住，有大成就的。如果你要成就人生大事业的话，比拼的不是看谁更聪明，而是谁更傻，是傻子精神。所谓傻子，就是对某个东西有兴趣，以游戏的心态去钻研，不在乎成功不成功。他的动力不是要以此换来世俗的好处，而只是自己喜欢。游戏是一种最高的境界，只有在游戏里面，你才能超越平日的焦虑感，以一种喜悦的心态来欣赏自己的努力。游戏所成就的，要么不成功，要么就是大成功。

　　不要太聪明，要有一股傻劲。今天看起来是为聪明人准备的时代，实际是为傻子准备的时代。乔布斯傻不傻？一定要去搞一个工艺与艺术完美结合的玩意儿，精益求精到了极致。这只是因为他有完美主义的追求，一种在所不惜的完美主义，这也是一种理想，竟然最后脱颖而出，成功了，而且是大成功。

没有兴趣就没有天才，天才是首先从兴趣里面产生的，不要老是去想做这事有用还是没用。有的时候，没有用的东西恰恰是有大用的。比如，在大学里面，究竟学什么？许多学生可能以为是学本领，学知识。然而，这种理解不说错，至少也是肤浅的。学本领和知识不必到综合性大学，到一般的职业学校就可以学到，甚至更好。在大学里面，最重要的要使自己成为博雅之士，一个有智慧的人。智慧这个元素，就像撒在汤里的盐一样，看不见，摸不着，但品得出来。没有盐的汤，淡而无味，缺乏智慧的知识，也是这样。智慧看上去好像没有直接的用处，实际是有大用。一个人是否优秀，是否可以成为卓越人才，关键看有多少智慧。近年来，许多企业家和高管热衷于学习历史、文化、哲学和宗教。我问他们为什么突然迷上了人文知识。有一个中欧国际商学院毕业的大企业高管这样告诉我："要论管理知识，最尖端的我们都了解了、掌握了。但到我们这个层次，发现要进一步提升，必须有大智慧。而大智慧，在管理学里面是没有的，都在文史哲里面。"诚哉斯言！如果你觉得人文知识没有用，那只是说明，你所从事的工作层次还不够高，还用不上大智慧。

比较起今天，八十年代大学校园的私人生活虽然比今天枯燥得多，但公共生活要丰富得多：各种讲座、学生社团、时政座谈会、人大代表竞选……校园整天是热火朝天，沸腾一片。而一个学生的健康人格，是需要在公共生活里面熏陶出来的。

今天的大学生们，不少人一方面觉得自己很孤独，另外一方面很不愿意参加各种社团和公共生活。如果有交往的话，很多是通过虚拟的网络：人人网、QQ群、微信，还有微博。现实生活中的面对面交往反而少了。然而，一个人的青春，一个人的能力，一定是在公共空间里面才能获得滋养。战争年代的西南联大，没有钱，没有图书设备，缺乏实验设备，条件艰苦。然而，就是这么一所只有八年历史的临时大学，培养出了三个诺贝尔奖获得者，一百五十个两院院士，无数个人文社会科学大家。其成功的秘诀在哪里？杨振宁先生说，他在西南联大最大的收获，不是从老师那里学来的，而是从同学的相互交流中获得的。许多关于学术的争论，从图书馆一直争论到宿舍，躺在床上，一团漆黑，还在继续争论。所以台湾"中研院"的院士、著名历史学家王汎森教授说过一句话："天才总是成群结队而来。"不要以为你有一批猪一样的队友你便能成为天才，错了，天才都是成群结队而来的，猪圈里面很难出一头雄狮，因为只有通过相互磨砺，才能出人才。

现在大学竞争的氛围很浓，有时候到了你死我活的地步，为了出人头地，名列前茅，都将同学当作对手，严加防范。但是，有一句话这样说：不怕虎一样的对手，只怕猪一样的队友。你的队友越强，你的竞争对手越强，你也就变得越强大，一个人的水准是以他所设定的对手来衡量的。因此，与同学进行深入交流，加入校园的公共生活非常重要，所以不要等别人带头来做，等到环境改变了才搭便车，应该一开始自己站出来，以青春的精神、主动的精神来改善周围的环境，建立校园的公共生活。

大学生不是培养灌输出来的，不是各种各样的人才培养工程可以造就的，人才不是植物，靠一套科学的工程可以培育。真正优秀的人才是熏陶出来的，是在公共生活当中熏陶出来的。华东师范大学党委书记童世骏老师提出，要把我们大学打造成优雅学府。我所理解的优雅学府，重要的不是灌输知识，而是对学生的素质、气质和品位的熏陶。

现在好的用人单位，招聘大学生的时候主要不看你学什么专业，而是具有什么样的素质。具体的专业本领，只要素质够好，培养三个月、半年就能教会。但是一个人的素质没法培养，要靠四年的时间熏陶出来，而且大学四年下来，差不多已经定型了，要变也难。除了素质之外，还有气质，气质这个玩意儿最虚，但是不同学校出来的学生。气质是不一样的。第三个是品位：学术的品位、文化的品位、生活的品位。所谓品位，简单地说，是能够鉴别什么是好的、卓越的，什么是差的、平庸的。今天大学对好学生的评价，都是一套量化指标系统,发表了多少文章,只讲数量,不求质量。而质量,就是一种品位。而在我看来,一个优秀的大学生,即使他一篇论文没有发表,但如果他有很高的学术品位,就是一个有潜力的人才。因为"取法乎上,得乎其中;取法乎中,仅得其下"。如果品位都没有,连平庸的东西都觉得是好的,那么以后一定写不出优秀的成果。

我们一般不赞成、不鼓励学生在本科期间忙于到处发表论文,只有将基础打好了,有了学术品位,以后才有充足的学术潜力。从多年来的招生和聘用经验来看,相比而言,北大学生是最优秀的,眼界和品位最高,但他们在校期间很少在乎发表,其实国外的学生也是这样,关键是将毕业论文写好,写到可以发表的水准。过去台湾的"中央研究院"历史语言研究所还特别规定,青年学者入所之后,三年之内不准发表论文,要你坐三年冷板凳。学术之气是要靠养的,假如不断地放气,只能写出平庸的小作品,养若干年,才能养成大气。

然而我们的学术评价体制,所谓的考核标准,就是只重量,不看质。这样搞下去,会离世界一流大学、诺贝尔奖越来越遥远。学术品位是这样,文化品位和生活品位同样如此。郭敬明拍的《小时代》,看上去很好莱坞,声色犬马,"高富帅""白富美"云集,好像这就是一种大都会的贵族品位。这部充满自恋的电影,其实暴露了从西部小城镇出来的一个年轻暴发户,对都市生活的隔膜性想象。郭敬明对什么是上海、什么是贵族、什么是文化大都会的理解是非常肤浅的，不是这部电影的技术不行，而是制作者的文化品位上不了档次。而要提高自己的学术品位、文化品位和生活品位，关键是要在校园里面有超越庸俗、超越功利的追求，这个追求，就是对人格的卓越追求。

青春精神是什么？在我看来，青春就是对内在价值、内在品质、内在卓越的追求。二〇一二年伦敦奥运会闭幕式上的中国代表团旗手，是之前并不出名的帆船运动员徐莉佳。她从小一只眼睛和一只耳朵的视力和听力都不好，脚还开过一刀，但她喜欢大海，喜欢帆船，不计功利去努力，还很动脑筋。她英语一流，最后战胜了众多好手，在西方人的强项、东方人从未称雄过的帆船项目上，拿了金牌。在二〇一二年"CCTV体坛特别贡献奖"的颁奖现场，她发表获奖感言："我赢或者不赢，团队都在那里，不怨不悔。我开心或失落，朋友都在那里，不悲不喜。我安康或伤痛，父母都在那里，不离不弃。男或女，老或少，高或矮，贵或平，帆船都在那里，等着大家去玩。" 在这段充满文艺范儿的获奖词轰动网络之后，她在接受记者采访时说："我就是一个普通的女青年，没什么特殊的东西，唯一特殊的是我对帆船的那份热爱。" 是的，热爱与玩的心态是最令人珍视的。美国伦理学家麦金泰尔《追寻德性》里面讲，人对利益的追求有两种，一种是外在利益，另一种是内在利益。所谓的外在利益，就是以工具理性的方式追求成功，而这种成功，可以用世俗的名利标准来衡量。外在利益是可以替换的，哪一个更容易获得名利，就从事哪一个。今天的许多人，不知道自己究竟爱好什么，鼓励自己努力的动力都是对外在利益的追求。然而，价值理性追求的却是内在利益，这种利益可以称为"金不换"，就是在从事自己爱好的事业的时候，能够获得一份独特的快乐，而这种快乐是不可交易、不可替换的，具有内在的价值和内在的快乐。麦金泰尔认为，人虽然可以同时追求这两种利益，但对于一个完整的人生来说，最重要的是找到自己的内在利益，能够不计功利地追求自己所喜欢的东西，这是真正能够让你安身立命的意义所在。如果没有这个内在利益，即使你一生在外在利益上很成功，可能也会很痛苦、很彷徨、很纠结，因为你总是在与别人比，觉得无论是名誉还是权势，总是有不满足。比起无穷的欲望来说，你所得到和拥有的，总是有限的。然而，一旦你有了爱好，有了自己的内在利益追求，就不会与别人比，就不会用世俗的标准来看自己的人生究竟是成功还是失败，而是有一种乐在其中的境界。美国著名的公共知识分子萨义德在《知识分子论》一书中，很深刻地指出知识分子就是一种业余精神。所谓业余，就是不为稻粱谋，不计功利，不在乎成败，以业余爱好的游戏状态去做，不仅可以得到真正的快乐，而且可以安身立命。不期而然地，也能干出一番大事业。乔布斯就是这样玩出来的，因为他没有将job当作一回事，最后成就了Jobs!

在一个小时代里面，理想主义如何可能？不一定要像我们当年那样胸怀祖国、心系天下，你是否关心家国天下，是你个人的选择，无法要求所有人都成为范仲淹、王安石。但是理想主义这种精神，如果抽离出具体的时代，作为一种精神传统继承下来的话，那么，在我们这个小时代里，会有另外一种理解，就是对内在价值、内在利益的追求。这种内在价值，正是你的志业。马克斯·韦伯写过两篇重要的文章：《学术作为志业》和《政治作为志业》。志业与传统的天职有关。基督教讲天职，在人间从事的事业都与上帝的使命有关，是为天职。革命年代搞革命，也具有某种神圣感，是一种革命的天职。但是到今天，那些宏大叙事已经消解，天职已经世俗化，转换为一种世俗的志业。也就是说，每一个行业都有自己独特的专业品位和专业价值，如果你喜欢它，对它有深刻的理解，那么你就有可能不计功利地将它做得完美，从而获得自己的内在利益和内在快乐。如果我们都能够将自己从事的工作做得完美，做到极致，让工作不仅仅是一个养家糊口的饭碗，而且是一份安身立命的志业的话，那么这就是一种新理想主义精神了。

有一次我在电视上看记者采访诺贝尔物理学奖获得者、美国普林斯顿大学的华裔学者崔琦。记者问："你每天在实验室里，工作一定很辛苦吧？"崔琦回答说："哪里！我每天都带着好奇的心情进实验室，不知道实验的结果会给自己带来什么意外的惊喜。每天的实验就像过节一样快乐！"

曾有学生向我提问："如果我从事的职业与我的爱好有冲突怎么办？"我给他的回答，说有三种选择。第一种是想办法将职业发展为志业，只要是兢兢业业地做好它，追求完美，最后你会先结婚、后恋爱，即使在平凡的、枯燥的岗位上也会发现其内在的价值和境界。第二种是将爱好变为职业，业余钻研久了，也就成为专家了，成为吃饭的职业了。第三种是饭碗与爱好并存，白天为饭碗，晚上为爱好。这大概是大部分人可以选择的方式。

最优秀的人才，不一定是考试得第一、第二名的。教育中有一种叫第十名现象，研究者发现，十年、二十年以后真正有出息的、成大器的，往往不是那些当年考试拔尖的，而是第十名左右的学生。这些学生也是很聪明的，如果拼一拼也能名列前茅，但是他们不愿意为增加三五分而去整天重复地做习题，而是在保证基本功课的情况下，玩自己喜欢的，最后玩出了大名堂。有媒体对这几十年各省的文理科状元做追踪研究，结果发现，那些当年风光一时的状元，后来能够成为各行业领军人物的，且不说有社会知名度的，可以说是凤毛麟角。《南方周末》曾经有过一个专题报道，其中提到一个文科女状元后来出国，嫁给了一个美国人，她的丈夫连大学都没有读过。这个女状元说，她与她丈夫在一起，她什么都不懂，而她丈夫什么都知道！

## 小时代中的理想主义

上海这座城市出了韩寒和郭敬明两个青年偶像,韩寒代表了青春、叛逆和个性,郭敬明代表了早熟、适从和世故。究竟是做韩寒还是郭敬明?究竟是追求内在利益还是外在利益?在这个小时代里,每个人心中有一个韩寒,也有一个郭敬明,年轻人内心当中都有矛盾的两面。但是,今天想成为郭敬明的太多,想做韩寒的太少。在这个小时代里面,我们需要韩寒所象征的青春精神、叛逆精神和理想主义精神。我所理解的致青春,所致敬的,正是我们这个时代所缺乏的一些东西。

## 从八十年代寻找青春精神

从一九八二年毕业留校至今,我在大学任教已经三十多年。铁打的营盘流水的兵,"六〇后""七〇后""八〇后"的学生一波接一波,从校园趟过,如今教室里坐满的,是"九〇后"一代。春去秋来,花落花开,归来的春,已不是过去那个春,重开的花,亦非原来那只花。

三十年光阴弹指一挥间,若问校园生活究竟有何变化?我的脑海中跳出两个色彩分明的意象:以九十年代中期为界,如果说之前的校园如一汪激荡的大海,那么其后的大学则变成了一口沉重的焖锅。

前几年,中国刮过一阵"八十年代"怀旧风。我得承认,我也是一位八十年代之子,是那个时代启蒙运动的精神产儿,时光到了二十一世纪第二个十年,我的思想跟随着时代前行,但内心的灵魂依然为八十年代塑造,似乎是一个很不适时宜的八十年代遗民。作为"文革"之后首届七七级大学生,十多年前,我曾写过一篇《大学年代:我的精神摇篮》的回忆。一位"七〇后"的学生读了之后,无限羡慕地对我说:"老师,八十年代的校园生活,真令人向往啊!"另一位"八〇后"的学生则满腹狐疑地问:"八十年代真的那么好吗?会不会是一个被你们虚构出来的传说?"

八十年代,究竟是令人神往的过去,还是后人虚构的神话——这恐怕已经不重要,重要的是,对于今天来说,八十年代已经成为一种批判现实的历史想象。作为一个八十年代的亲身经历者,我只是想说,八十年代拥有与当下完全相反的气质,那是一个充满生机、活力和对未来憧憬的年代。

在那个年代里,校园充满着理想主义的气息。那是刚刚过去不久的革命年代残余物。革命死了,革命精神万岁。革命精神的超时代内核,乃是对现实的不满与超越,是对乌托邦理想的普罗米修斯式追求。纵然昔日的革命理想已经幻灭,但从革命年代走过来的红卫兵一代学生,依然坚信缺乏理想的生活,是不值得过的人生。于是,对共产主义乌托邦的向往,代之以对中华民族融入世界、走向现代化明天的憧憬。那个年代的人们,格外看重精神生活,不那么物质、不那么功利,常常为内心的激情荡漾,胸怀远大的志向。

在那个年代里,校园中每一天的生活都是沸腾的、激动人心的。八十年代大学生的私人生活,比较起今天是枯燥的、乏善可陈,但校园的公共生活却足以让今天的大学生羡慕不已:数不清的学术讲座、公共辩论、话剧汇演、诗歌朗诵,从学校到院系再到每个班级,无数的学生社团等着你去加入——不,让你自由去组建,尽情地燃烧你的青春热火、发挥你的个性创造力。一九八〇年的区人民代表选举,多少学生慷慨激昂地站出来参与竞选,以自己激情四溅的演说去实践想象中的民主。大学是最好的公民学校,有什么样的校园生活,就有什么样的社会分子:或者是铁肩担道义的公民,或者是鼠目寸光的侏儒市侩。

在那个年代里,校园里流行的一个词叫做"解放"。这个解放,是思想的解放,也是体制的解放,更是个人的解放。旧的体制正在冰融,新的民主体制尚未形成,在开放的环境之中,一切皆有可能,未来有无限的多元发展空间。于是,人变得格外的自由,虽然传统的左倾思潮和体制依然强大,时常有寒潮袭来,但师生的内心是自由的,研究也是自由的,时间更是自由的。虽然住得寒酸,穿着土气,囊中羞涩,生活清贫,但老师们可以自由地思想、自由地支配自己,自由地去做内心想做的。没有那么多的清规戒律,没有难以抗拒的体制诱惑,没有无穷无尽的职称等级等着你去评,反而多了一分潇洒、一分自如、一分读书人的精神从容。

诚然,八十年代并非全然亮色,黎明的晨光背后依然乌云笼罩。理想主义的豪情万丈,可能意味着虚骄和狂妄;而漫无节制的奇思异想,也会导致理性的贫血。过了三十年之后,当我们以"后见之明"的智慧,意识到八十年代的种种不是的时候,我依然要说,让八十年代死去,让她的灵魂存活下来!

这个灵魂,便是精神的活力。

精神的活力,是一种青春的象征。八十年代,从中国知识分子的精神谱系而言,乃是五四的第二春。何谓五四之精神?民主?科学?还是道德?在我看来,在德先生、赛先生、莫姑娘之外,还有一个更重要的五四灵魂:青春。

一九一六年,五四的精神领袖之一李大钊先生从日本眺望神州,激情洋溢地写下了名篇《青春》:

> 春日载阳,东风解冻,远从瀛岛,反顾祖邦,肃杀郁塞之象,一变而为清和明媚之象矣;冰雪冱寒之天,一幻而为百卉昭苏之天矣。……俾以青年纯洁之躬,饫尝青春之甘美,沐浴青春之恩泽,永续青春之生涯,致我为青春之我,我之家庭为青春之家庭,我之国家为青春之国家,我之民族为青春之民族。……青年之于社会,殆犹此种草木之于田亩也。从此广植根蒂,深固不可复拔,不数年间,将见青春中华之参天蓊郁,错节盘根,树于世界,而神州之域,还其丰

穰,复其膏腴矣。则谓此菁菁苗苗之青年,即此方复开敷之青春中华可也。

五四的知识分子,有一种李大钊所言的青春精神。这种浪漫主义的青春激情,不独陈独秀、李大钊、胡适、鲁迅这些师长辈拥有,在傅斯年、罗家伦、闻一多、罗隆基一代学生辈那里尤为突出,因此才有了两个充满了激情的五四运动:新文化运动与爱国运动。

八十年代在精神谱系上所继承的,正是这种充满活力的青春精神。曾几何时,青春精神在中国大地消失了,在校园里面流散了,在青年的灵魂当中死去了。在八十年代,是社会跟着大学走,大学作为思想的领导者、社会的开路先锋,走在了时代的最前列。而在今天,是大学跟着社会走,社会流行什么风尚、操持什么语言、传播什么价值观念,大学就跟在后面亦步亦趋。学生一进入校园,就等于提前跨入社会,各种竞争、算计、功利,弥漫整个校园。大学成为职场的预备役,跨入了大学,就等于进入了成年人社会。一切都是成年人的规则,到处是老气横秋的早熟与世故。学生如此,老师亦是如此。愈加细密的学术晋身规则让青年教师几乎喘不过气,著书全为稻粱谋,房子、职称、课题……当有趣的人文与科学事业最终蜕变为无聊生计的时候,青春与活力便成为过于奢侈、可望而不可即的梦想。有学生喜好读书,求知欲未泯,或者以天下为怀,为苍生而鸣,常常被同学视为异类,所谓的"政治不成熟"。有年长的好心者会如此劝说:"不要太理想主义,这年头不要生活得太迂,要现实一点,莫谈国事,少读闲书,还是多想一想文凭、职位、收入,早点为结婚、买房、买车作准备罢!"

不说大学生,今日之中国,高考的指挥棒带动高中、初中、小学乃至幼儿园、托儿所……一条龙式的应试教育,中学生早早告别了青春,小学生也失去了童真。所有的考题,包括作文,都有莫名其妙的标准答案,余秋雨式的标准套话代替了个性化的稚稚童语。中国的青少年们,当他们还没有迈入青春期的时候,已经感觉到了衰老,不仅是应试教育围逼下的肉身疲劳,更是过度竞争氛围中的精神疲惫。

当一个个校园沦陷,成为一口口窒息心灵的焖锅的时候,何处去寻觅中国的乔布斯、比尔·盖茨和扎克伯格呢?于是,就有了对八十年代的怀旧,那些对过去时光的记忆与想象。青春精神是一段神话般的传奇,当置身于八十年代的时候,你只感觉到这只是生活的一部分。一旦失去了它,便会感受到缺氧般的窒息。今日之校园,不再令人着迷,不复是青春活力的伊甸园!

莫非要回到八十年代,回到激情洋溢后革命年代?人不可能两次踏入同一条河川,八十年代也是一去不复返的神往而已,何况被神话化的八十年代本身还有需要解魅的毒素。但是，八十年代依然令人神往，她有一种超越时代的气质，有一种将先秦文明、盛唐气象、东林党人和五四运动连接成一体的伟大精神，那是直入人心、总是让我们感动的青春活力。

  体制的焖锅无法靠自身的力量打破，它需要外来的动力破局。体制的真正摧毁者不是体制本身，而是一种能够创造新体制的精神。精神的力量无所不摧，青春精神所到之处，将改变一个旧世界，创造一个新世界。不管你信不信，反正我信。

## 二十世纪末的《读书》与读书人

今天的中国,已经进入了网络时代,对许多人来说,读书成为一件很奢侈的事情,很难想象二十世纪末国人读书的盛况。书店永远是熙熙攘攘的,好书、畅销书还要托熟人抢购。就在全民读书的热潮中,成就了一本《读书》杂志。《读书》对读书人的重要性,可借用当年的主编沈昌文先生的一句名言:"可以不读书,但不可不读《读书》!"

《读书》为何如此传奇,为何有神话般的过去?中华书局出版的扬之水日记《〈读书〉十年》,透露了个中些微秘密。扬之水,当年我们只叫她的本名赵丽雅,她在《读书》的十年(一九八六至一九九六年),也是我与《读书》关系最密切的岁月，不少拙作就是经过她的编辑见诸读者。记得第一次造访《读书》编辑部，他们刚刚临时搬迁到东西六条，坐下不久，便招呼我一起出去吃饭。那年头没有如今之气派，没有公私小车可遣，人手一辆自行车，我是多余的客人，编辑部的人命我驾赵丽雅的坐骑，并捎带上她。不知是我的车技，还是她跳后座的能力有限，反正折腾了几次，总算成行——不曾在日记中发现这段逸事，此为补记。

说起吃饭，似乎在日记中占了颇大篇幅，不仅记下了某月某日与何人吃饭，而且还不厌其烦地详述桌上有几道菜，味道如何，名餐厅如此，小食堂亦如此，即便到作者家中便餐，也有同样记载。难道《读书》诸君皆为饕餮之徒？沈昌文先生另有一句名言："要征服作者的心，先要征服他的胃。"《读书》编辑与作者的见面，通常是在饭桌上；许多重要的约稿、选题，也是在觥筹交错中迸发灵感，一言为定的。这颇有一点明清江南士大夫的遗风，享受的不仅是食物，而且是一种品位。宾主共饮，半醉半醒，总是那样的好胃口、好兴致。不似如今的文人，男性怕啤酒肚、脂肪肝，女性要纤细小蛮腰，三筷下去，便说饱了，让旁人看得也兴味索然。一个时代，最怕的是精神萎靡，而精神萎靡的症候之一，便是缺乏兴致。

二十世纪末的知识分子，永远是那样的兴致勃勃。《〈读书〉十年》中，记载最详尽、最出彩的是游记部分。她如一位云游四方的僧人,永远在路上、在旅途中:西安、敦煌、丽江、桂林、华山……古人云,行万里路,读万卷书,这是很有些道理的。如今的学院中人,写出来的满纸工匠气,呆板生硬。而当年的《读书》,之所以好看、有灵性,多为躺着也能看的美文,全因作者并非象牙塔中的书呆子,乃是有着丰富阅历、见多识广的社会之人。从社会底层考进大学,甚至是没有文凭的读书人(如《读书》诸位编辑那般),读的不仅是书架上那几本小书,而且是山水自然、人文历史的大书,以先贤之经典,接天地之灵气,徜徉在湖光山色、千年古刹之间,胸怀何其之大,趣味何其之广。

可能有人会说,要论食欲、游兴,商人、为官者也有此类癖好,且在读书人之上,如此之兴致勃勃有何稀奇?同一桌酒席,同一片山水,俗人见俗,雅士见雅,读书人的本领,乃是在寻常之中发现不寻常之物,在世俗中寻得趣味之高雅。世人聚在餐桌,话题永远只有一个,就是劝酒比拼,谈的只是吃喝本身。而雅士的趣味,醉翁之意不在酒矣。我参加过多次《读书》做东的聚餐,餐桌上的话题,离不开两个永恒的主题:一个是古今中外之书,另一个是国事天下事学界之事。读书人谈性之高,无与伦比。如魏晋之名士,竞相媲美见识之渊博、谈吐之风流。日记中多次记载,某学者翩然而来,在编辑部坐谈半日,滔滔不绝,又飘然而去。我的记忆之中,《读书》诸君,从不向作者约稿,只是扮演一个耐心的倾听者,如赵丽雅；或成为积极的插话者，如吴彬。所有的选题，都在不经意谈吐之间，酝酿而成。一个月之后，作者自然会乖乖地交稿过来。读书人与《读书》的关系，如同鱼儿与池塘，鱼水之情，难分难离。用学术的语言形容，乃共享同一个文化之共同体、情感之共同体和命运之共同体。

二十世纪末，最令人神往的，除了读书之外，还是人。赵丽雅真是三生有幸，当她跨入《读书》杂志的时候，老一辈读书人还健在，而且文笔甚健，谈吐甚浓。在她的笔下，钱锺书、杨绛、张中行、金克木、赵萝蕤、徐梵澄、施蛰存、金性尧……这些老先生的音容笑貌、风姿神采，栩栩如生，跃然纸上。窃以为这部分是日记中最珍贵之价值所在。作者见到的是日常生活中的大师，卸去了场面中的面具，露出了本来的面相，有真性情，有顽童状，有人情味，各具风采，统领风骚。老一代读书人上接古代之风雅，横贯西方之文明，一个个活脱脱的"民国范儿"。最早的《读书》风范，因为有这些老先生撑在那里，跳过了"文革"的戾气，尽显读书人的风雅。这个风雅，很难形容，不仅指文字，且是文字背后的人格，从容潇洒，风流倜傥。俱往矣，如此之美文，在今日之俗世，又何处寻觅？真人远去，雅士尽归，唯余我等瓦釜雷鸣，岂非时代之殇哉？

说不尽的二十世纪末，道不完的《读书》与读书人，那是一段不再回复的往事，一曲中国知识分子的精神传奇。

# 青年教师体制化生存刍议

当今大学中的老师和学生都会面对"体制"或"体制化"的压力,如何面对这种压力,如何在这种压力中自处,已经成为高校教师和学生所普遍面临的问题。一方面,我们对现行体制下的各种考核机制、评价机制心生不满;另一方面,我们又不自觉地,甚至是非常自觉地去迎合它、执行它,甚至将自己内化为体制的一部分。

所谓体制化,是一套官僚化的管理模式,它与现代性的形成有关。中国古代也有士大夫官僚帮助皇帝统治天下,但当时的士大夫官僚背后有一套价值观,是以儒家的博雅之学来治理国家,这与我们此处的体制化不同。德国思想家马克斯·韦伯发现了资本主义（这里的资本主义是广义的，指现代性的技术和管理方式）的秘密是会计制度和官僚管理制度或科层化的管理制度。前者是指传统社会为需求而生产，但现代化之后是为了利润而生产，这关乎现代的经济学和会计学；后者是一套非人格化的管理，它追求的目标是效率。当今世界的绝大多数国家普遍采取了这套官僚化的管理制度。

本文所谓体制化，正是这样一种制度。这套制度在二十世纪九十年代之前对中国人来说很陌生。九十年代中期后开始全面在全国推广，现在科层化的管理制度已经深入中国社会生活的方方面面。各种指标和效率作为衡量社会生活的重要标尺。这套科层化的管理制度如今已经成为中国普遍化的管理模式。

大学在二十世纪九十年代以后也普遍采取了一套官僚化的管理模式。大学本来是一个知识的生产、传播和消费的载体，而在这个过程中起到决定作用的实际上是行政意志。我把这样一种现象和管理模式称为"体制化"。不管大学中的管理人员、老师和学生是否理解和接受这种体制化，都无可逃避其间。当今的大学在这样的管理模式下越来越不像大学，而更像公司。实际上，当今中国在很大程度上已经被公司化了。廉思在《工蜂》中讲述了大学青年教师的现状。我对此深有体会，大学的青年教师现在已经沦为"学术民工"（这里不是在道德和身份意义上歧视民工），这里的"民工"指的是大学青年教师是被管理的，被雇用的，没有自主性。另外，大部分民工不喜欢自己干的活,甚至所干的活不是他自己选择的,只是为了"稻粱谋"。这是当前知识分子面临的很大的困境,需要从体制化本身来检讨:我们当今的大学究竟出了什么问题?我认为问题的症结与体制化、与官僚为中心的管理有关。

当今大学中的老师和学生都无时无刻不感受到一种紧张感,处于一种竞争的状态之中,高校也营造出一种竞争的氛围,即物竞天择,优胜劣汰。在大学中,这套逻辑表现为赢者通吃、末位淘汰,用一种极端的方式鼓励竞争。鼓励大家向金字塔尖走,只有金字塔尖的赢者是通吃天下的。在当今中国的大学里,每一个青年老师和学生都生活在这样一个逻辑之中。这套管理方法也许适合企业和公司,但是用来管理大学和学术研究活动是不是合适的呢?是不是顶尖的研究都是通过研究者身后无形的鞭子的抽打,因为怕落后,怕被淘汰,迫不得已创造出来的呢?如果我们去看诺贝尔奖获得者的故事,就会发现全然不是如此。世界上的很多发明创造是一些"大玩家"玩出来的。他们只是有好奇,有求知的欲望,有对自己专业无穷的兴趣,甚至是抱着"但问耕耘,莫问收获"的态度来进行科学研究的。

科学研究要允许失败,没有科学研究和发明创造是包打天下的。而我国学术界各种各样基金的赞助,从自然科学到人文学科都是要"只许成功,不许失败",对于研究内容和经费使用都要事先做出说明。我们的大学管理制度要求保险,所以科研人员选择课题时倾向于避开有风险的课题。有创新的科研一定是有风险的,可能在很大程度上是做不出来的。导致很多科研人员选择必定能成功,风险不大,同时做出来也意义不大的题目。究其根源,科层化的管理体制难辞其咎。

任何一套体制或制度背后都有一套对人性的预设。目前学术环境中的制度预设了每一个人都要偷懒,人性是恶的,总是希望不劳而获,通过最小的投入获得最大的利益。所以设计了这样一个结构,让人时刻有不安全感,而这个金字塔的塔尖是永无尽头的。这套对人性的预设有一定道理,当今中国大学的知识分子队伍中也是鱼龙混杂的,"奖勤罚懒"的体制对这些人也许是有用的,但也有可能害了真正优秀的学者,反而扼杀了他们真正的学术创造力,更剥夺了在大学里工作的那份快乐感和自我满足感。

那么对大学来说,好的体制应该是什么样的?国外大学也许能够提供一些借鉴。国外大学也有一套管理体制,但这种管理体制不是急功近利的。美国的经验是博士生毕业后干六年助理教授,六年中可以自由研究,六年后如果可以出版一本书,凭若干篇文章即可以获得终身教职,六年是对一个人到底对学术有没有兴趣的考验。可以看出,美国大学的人才评价虽然也有一套考核制度,但这套制度非常温和,可以让每一个科研工作者活得体面,它营造的宽松环境也为自由研究提供了可能性。评价方式多种多样,但最重要的是教授要有学术自主权,学术共同体内部的评价应该来自同行,而不是行政意志主导的一套量化标准。

上世纪八十年代的中国学术圈是学术权威主导评价标准的。而今天,情况则有了变化。表面上看起来,学术活动是民主的,评职称、评奖、评优都是投票选举的结果,符合程序。值得讨论的是:学术的问题能不能靠投票?学术问题不是多数人赞成的就是真理,往往很多真理是掌握在少数人那里。学术不是投票投出来的,但是今天的现状是用投票来解决学术上的问题,包括升等、选拔精英、评价学生等等。"学术民主"不应被完全排斥,学术民主有它的意义,但是也有其局限,投票能够保证最差的人不入围,但是不能保证入围的人一定是最好的,有时优秀的人也容易被淘汰,最后胜出的往往是世俗眼光中"不错"的人。

西方新近的研究发现,民主不能仅仅依靠投票实现,还要加入商议性过程,在投票之前的充分讨论可以矫正和弥补投票产生的误差。而在中国这样一个人情社会,大家顾忌方方面面的利益,不愿意充分参与讨论。专家投票的结果往往不向我们公布,真正控制投票的还是背后掌握着利益和程序的人员,"暗箱操作"使得很多专家投票意见沦为"供参考"的境地。

比体制的枷锁更可怕的是不良风气的蔓延。全民腐败比官员腐败更加可怕,而这正是中国目前的现状,各行各业都有腐败现象发生,只要你处于某个特殊的位置,你有权力,哪怕是很微小的权力也可以用来谋取个人利益。一个行政主导的、没有法治的社会往往会滋生出体制性的腐败，不仅仅在腐蚀官员，也在腐蚀全民。

高校的"去行政化"不是要降低管理者的级别，而是要换一个方式管理学校，把学术的自主性还给教授，要按照教学和科研的规律让其发展。在我看来，这套体制已经内化于我们的生活和心灵当中。一方面，大家痛恨甚至诅咒这套荒谬的体制，另一方面却在生活中自觉或不自觉地实践它，甚至内化为自己的价值观，继而把体制的标准作为自己生活的目标而奋斗。

在这种体制下，我并不认为我们就无可奈何。虽然大的体制有问题，但是一个学院、一个系，甚至一个教研室有很多很好的小环境。不要认为体制是刚性的，我认为当今中国社会还是一个比较有弹性的社会，也是非常多元的社会。很多大学和学院之间的差距也是很大的。这种风气的不同跟人的作用有很大的关系，也与传统有关。虽然体制无法改变，但是风气是我们每一个人共同创造的，而风气并不是不能改变的。

# 回归学术共同体的内在价值尺度

自二十世纪九十年代中期之后,中国的大学发生了跨越式发展,学术研究也获得了来自国家前所未有的资金投入和资源配置。在大规模投入的情况下,虽然学术研究在数量产出上获得大丰收,但为什么公认的、有分量的一流成果却与投入严重不成比例?为什么中国的学术至今无法站在世界的前沿?

学术研究是一项综合性、系统性工程,其中最重要的环节是学术评价体制,如果评价体制产生了问题,就会诱导研究人员向扭曲的方向发展。在大学学术研究之中,理科、工科、医科、社会科学和人文学科都有各自的学科内在逻辑,不宜一刀切地实行同一种学术评价体制,本文仅就我个人比较熟悉的人文学科评价体制改革谈谈我的看法。

对于绝大部分中国高校来说，今日的人文学科实行的是一种量化的、外在的、行政主导型的学术评价体制。

先说量化的。科学研究在今日之中国高校，被抬高到空前的、过度重要的位置。不说研究型大学，即便是教学型乃至职业型学校，学校是否优秀，教师是否能够升等、研究生是否可以毕业，科研的成绩单都成为最重要的衡量指标，甚至没有之一。老师的教学可以马虎、学生的毕业论文可以勉强通过，但只要有相当量的论文发表，便"一俊遮百丑"。多数高校对教师的年度考核和升等要求，都有严格的论文发表量规定，而一个大学每年的论文发表篇数，都影响到从官方到民间的各种大学排行榜的位置，是大学领导政绩工程的核心部分。于是千军万马写论文、拼数量，就像"大跃进"时期的全民大炼钢铁，产量是最重要的，而质量如何，倒是其次的。

再说外在的。鉴于大量论文粗制滥造，这几年各大学开始重视论文的发表质量，以教育部认定的CSSCI或核心期刊的发表论文为统计对象，而研究型大学为了早日实现世界一流大学的战略目标，又将国际学术界为了引证统计需要所设定的SSCI和AHCI论文系列，作为进入国际学术前沿的标志，给予特别的奖励。这几年又出现了所谓的影响因子评价指标，一篇论文的好坏，还要看其在其他刊物上的引证率或转载率。于是，所谓的好论文，只是看其在什么刊物发表，有多少影响因子，只要是发表在国内权威刊物或国外引证期刊的，就能得到国家、省部级和学校的奖励，至于学术共同体的内在评价如何，则可以忽略不计。

量化的、外在的学术评价体制，其实质乃是行政主导。关于大学的"去行政化"，这几年谈了很多，争议也很大，然而，所谓的"去行政化"，核心问题不在于大学是否要有行政级别，而是不再以行政化的方式管理大学的教学与研究事务，而能按照学术自身的逻辑，通过大学教师的学术共同体实现"教授治学"。如今国家与大学的行政管理部门，控制了学术研究的绝大部分资源，各级行政管理人员，不仅垄断了学术资源的分配与再分配，而且也控制了学术成果的生产与再生产。上述量化、外在化的评价系统，则是一种最简化、实用的官僚管理制度，表面上看起来客观、中立、科学，甚至去价值化。然而，人文学科的评价系统，是充满学术价值性的，只能在一个竞争性的学术公共空间之中获得其内在尺度，而无法用一种外在的、一刀切式的量化管理指标来评估和衡量学术成果的好坏。

以量化考核为中心的行政化评价体制，因为受到工科思维的影响，特别重视项目，特别是重大项目的获得。一个学者的学术能力强不强，能不能晋升职称，是否拿到项目成为比研究成果更显赫的衡量指标。以项目为核心的评价体制，或许比较适合工科、理科和医科，也部分适合某些社会科学，却不一定适合人文学科。因为古老的、传统的文史哲学科,其最需要的是闲暇和自由,却不一定需要大笔的资金投入。历史上古今中外人文学的经典研究,基本上都是个人按照自己的学术偏好、长期思考和研究而获得,几乎没有一个是大规模资金投入的产物,更非团队攻关、合作研究的集体智慧结晶。前几年教育部有关部门的统计也发现,在省部级奖项之中,大部分都不是项目成果,而是个人自由研究的结晶。

一项常规的人文研究,除了必要的资料、数据收集与学术交流经费之外,其实并不需要大笔的资金投入。学者所真正需要的,倒是能够让其安身立命、自由做研究的一些基本条件。这些条件包括物质性的,也有精神性的。物质性的生活条件乃是让其能够不必因稻粱谋而影响研究,能够凭自己的教职收入,使他以及家人可以过虽不富裕,却比较体面的生活。在精神性条件方面,最重要的乃是学术自由,学者可以按照自己的学术兴趣或者对学术前沿的判断,自由地选择研究的课题、方向与方式。

今日中国大学的人文研究弊端在于,一般教师的工资收入偏低,维持和满足基本生活所需的物质性条件一部分要靠争取项目获得变通性补贴。于是,课题的设计与选择异化为稻粱谋的工具,学者注重的是投入/产出的效益比,即如何以最少的成本获得最大的经济收益,如何以最便捷的方式完成项目,而个人研究的旨趣、创新、突破倒是退到次要地位了。任何学术的创新都是一项有风险的事业,创新越大,风险也就越大。然而,如今的项目评价机制"只许成功,不许失败",于是按照工具理性的法则,学者们纷纷选择那些四平八稳、包赚不输的平庸选题,人文社科项目包括重大项目出不了精品也就毫不奇怪了。

如今人文学者自由研究的外在精神条件也变得越来越稀缺。过度的升等压力和生存竞争,使得学者们特别是年轻学者忙于应付升等的量化指标,生产达到发表及格线的短平快作品,没有闲暇和耐心细细打磨学术精品。而人文学科的经典通常都是闲暇的产物,是长时段思考和研究的沉淀。民国时期的中央研究院历史语言研究所有一个不成文的规定,青年学者进所之后三年之后不准发表文章。老一辈的大家经常告诫年轻人:要做大学问,就要耐得住寂寞,厚积薄发,养成大气。一有心得就发文章,气散能尽,成不了大学问。然而,如今的年轻教师进入大学之后,三年不发文章,连饭碗都成问题。

这套学术评价机制,与奖勤罚懒、优胜劣败的公司化管理共享了同一个对人性理解的逻辑,即人性在本质上是堕落的、趋利避害的,假如没有"一条鞭法"式的奖勤罚懒措施在后面鞭打,教师们必定懒惰成性、疏于研究。的确,如今的中国大学教师队伍良莠不齐,混饭吃的大有人在。然而,这种鞭笞懒汉式的工厂式管理,可以让南郭先生惶惶不可终日,却也让真正有学术兴趣的学者疲于完成量化指标,不再有闲暇从事有价值的学术创造，真可谓"杀敌一千，自伤八百"，但一流的学术成果不是由一千个平庸者，而是由八百个学术精英创造的。一个好的学术评价体制，与其让优异者与平庸者在同一条跑道上疲于奔命，不如适度地容忍平庸者，让学术精英有自己的自由创造空间。要解决这个难题，关键是打破一刀切的量化，实行可自由选择的双重评估体制，即在一般的量化指标之外，另辟"代表作"评价体系，让那些真正优秀的学者摆脱繁重的量化考核，以自己优秀的代表作参与竞争，证明自己。

要创造一流的学术成果，核心是尊重学术、尊重教师。所谓尊重，不仅是为其提供体面的工作和生活条件，更要紧的是尊重其学术与人格的尊严。学者的内在人性有复杂的双重性格。一方面，他们与普通人无异，有趋利避害的惰性；另一方面，由于其从本科到博士长达十多年的专业训练，他们对学术多少有一点超越功利的内在兴趣。一个好的学术评价制度，可以帮助学者克服自身的惰性和功利性，将其对学术的内在兴趣激发出来，成为可持续的研究动力。而一个不好的评估体制，要么是干好干坏一个样，纵容懒汉；要么是逼迫人人都成为功利之徒，而失去学术的内在兴趣。学术评价体制改革的核心，不是激发教师追名逐利的外在竞争动力，而是如何保护和发掘他们的内在学术兴趣。是兴趣而非功利成为创新之母。

如何在学术评价体制方面"去行政化"，实现学术评价体制的创新？核心的问题在于按照学科的内在逻辑，建立学术共同体内在的价值标准。

如今无论是教育管理部门的学科排名,还是民间各种大学或学科排行榜,皆遵循同一个评估标准,即以一系列量化的数据为基础的评分制,而对教师的能力、研究生论文的评审,也是一张分解为各种要素的打分表。这种"数字崇拜"的评估标准,是否适合理工科不敢妄断,至少对人文学科而言,乃是形式上的科学、实质上的不合理。因为一篇文章的好坏,一位学者是否优秀,一个学科是否一流,不是各项指标的简单相加,而是对其综合的评价。真正有突破性的论文,可能分项指标不高,但只要有独特的发现,就是值得鼓励和推荐的。一个学者是否优秀,最重要看其"整体观"的好坏。就像评价一个女孩是否美丽,你不能将她的五官分别打分后相加。有些美女眼睛、鼻子、嘴巴单独而论并不漂亮,但整合在一起,就有一种和谐的美。外貌尚且无法分项量化,何况学者的综合学术素质?

教育部公布的大学一级学科评估,也是以打分为排名基础。然而,这张名单在各学科之中招来众多非议,因为与学界自身的"隐匿排名"差异不小。学术界衡量某大学某学科是否一流,其核心乃是看人一流与否:其骨干教授当中有无公认的大家,青年教师当中有无优秀的未来之星。而教育管理部门的评估之所以失准,乃是其评估体系当中没有"人",只有数字。即使有"人",也是以所谓的"千百人""长江""杰青"这些身份为含权统计分数,这依然是一种外在的行政化评判标准，而非学术共同体内在的价值尺度。

量化的学术评价体制，虽然形式上排除了个别官员的行政意志，但其依然体现了非人格化的整体行政意志。有人担心，假如没有了这套客观的、形式化的学术评估体制，那么究竟由谁说了算？不仅行政管理者有此担忧，许多教师特别是青年教师更为担心，数据说了算，还算有一个形式上的公平竞争，一旦由人说了算，那么可变的因素变得非常复杂，需要公关的成本越加昂贵。这种担忧不是没有道理的。学术评价体制的变革，不仅要在形式上"去行政化"，而且也要在实质上"去行政化"，将学术评价的价值尺度和评估过程真正交回给学术共同体自身，而不是委托给某个人，无论这个人是行政官员，还是学术大佬。

民国时期的学术评价，学术权威扮演了核心角色。梁启超的一句话，让既无大学文凭又无学术著作的陈寅恪进了清华大学国学研究院。当年的学术大师有崇高的专业与道德权威，他们以一己之学术与道德信誉担保，维护了一个国家的学术秩序。然而今天的中国，已经是一个失去了学术权威的时代，即使有学术大家，也是有权力而无权威，其学术判断能力和道德信誉未必为公众所信任。权威已逝，秩序何在？唯一的希望是学术共同体本身，在学术共同体内部建立起一套民主的讨论与协商机制，通过竞争性的评审、对学术的专业讨论、多种价值与利益的博弈、协商与投票，逐步建立起学术共同体的内在价值标准和程序性规范。

比较起同质化的外在评估体系,学术共同体的内在评价体系按照不同学科的性质特点,可以是多元的,其价值评判尺度也因专业的不同而有所差异。建立这套学术共同体的评估体系,要比一刀切式的外在评估艰难得多,它不可能通过一纸行政命令而获得,不得不经过学术共同体长期的学术互动和不断试错累积性地自然演化形成,然而,其一旦形成便会成为"行规",成为内化的价值尺度和学术风气。而中国的大学,如今不缺各种外在的行政法规,独缺学术共同体内在的"行规",外在的行政法规可以轻易变动,但学术共同体的"行规"一旦确立,就会内化为学术共同体共享的内在价值,演化为难以颠覆的学术传统。

学术评价体制的改革,大学只是其中的一个环节,而发表学术论文的专业刊物和出版学术专著的出版社也是同样重要的环节。

先说学术期刊。如今的学术评价体制,将国内的学术刊物分为权威刊物、CSSCI刊物以及其他一般刊物,还有的大学,更分为A、B、C、D四类。而所谓的权威刊物或者A类刊物,基本看主办方的行政级别,《中国社会科学》由中国社会科学院主办,乃是"权威中的权威",因此各大学非常重视,纷纷设立了天文数字的论文奖励。其次是中国社科院所属各研究所主办的专业刊物,不少大学硬性规定,教师的职称升等,必须有权威刊物的文章。然而,这些权威刊物,与其说拥有学术权威,倒不如拥有学术权力。在一个缺乏学术权威的时代,权力代替了权威,成为了"权威刊物"。

按照外在的形式化评价标准,只要在"权威刊物"发表了论文,必定就是有创新的好文章,各类奖项自然接踵而来,锦上添花。然而学术界的许多例子,恰恰告诉我们,真正意义上的学术创新,往往不是在公认的"权威刊物",而是在学术共同体自办的同人刊物上首先突破的。因为一项真正的学术创新,由于其多少是对已有学术范式的反叛或发展,在一开始往往会引起较大的争议,很难在主流的学术刊物,尤其是权威刊物上得以通过,只能在同人刊物中"试水"。这些年不少富有创意的好论文,都出自这些优秀同人集刊。每一本同人集刊,背后就是一个有共同学术趣味和研究范式的学术共同体。他们不是一个人在战斗,而是相濡以沫,相互呼应,形成了小小的专业学派。随着新的学术范式不断地修正、补充、完善,逐渐从边缘走向中心,为主流学术界所接纳,甚至成为新的潮流。到这个时候,那些主流性的权威刊物才会注意这些真正具有范式突破意义的学术论文。严格意义上的学术创新,从来不是在中心爆发"革命",都是"农村包围城市",最后从边缘走向中心。这就意味着,如果我们最看重的是学术创新和学术突破,绝对不能以所谓的"权威刊物"文章为唯一的衡量尺度,而要本着"英雄莫问出处"的平等态度,以学术共同体的内在尺度来检阅学者的每一篇论文是否具有增量的学术价值。

如今的学术评价体制，由于受到理工科的影响，重论文，不重著作。著作方面，只需达标，便算及格。而事实上，人文学科的研究与自然科学不同，一个优秀的学者必定要有具影响力的学术专著。但由于当今国内尚未建立规范的学术著作出版制度，以至于"只有写不出的书，没有出不了的书"，只要向出版社支付出版补贴，哪怕质量平庸的学术著作，也可以堂而皇之地出现在一流出版社的书目中。学术著作出版缺乏权威性这一状况，至今没有得到教育、出版管理部门的重视，也使得学术著作无法成为衡量学术评价的重要指标。要解决这一木桶中的短板，在我看来，乃需要与国际接轨，建立严格的学术著作出版和评审制度。具体而言，可以指定若干家在学术著作出版有悠久传统和良好声誉的出版社（特别是大学出版社），由国家给予专项补贴，资助学术著作的出版。而每本学术著作，必须像博士论文那样，经过专家的匿名评审，经过作者的细致修改之后方可面世。

无论是过去的民国学术界，还是今日国外发达国家，都有值得借鉴的学术评价好传统。中国学术评价体制之改革，与其从无到有地创新，不如尊重传统，尊重国际规则，核心是逐步改变以行政为中心的形式化考核，建立以学术共同体为主体的内在价值尺度和评价机制，如此中国学术方能回归其本来的意义，有复兴之希望与可能。

# 百家小集

总策划　肖风华　主　编　向继东

## 第一辑

朱　正　　《那时多少豪杰》
钟叔河　　《大托铺的笑话》
王跃文　　《读书太少》
丁　东　　《文化界遛弯儿》
谢　泳　　《网络时代我们如何读书》
蓝英年　　《那些人，那些事》
智效民　　《教育在民国》
王彬彬　　《有事生非》
陈四益　　《衙门这碗饭》
邵燕祥　　《〈找灵魂〉补遗》

## 第二辑

钱理群　《与鲁迅面对面》
萧　默　《秋风吹不尽》
单世联　《一个人的战斗》
王学典　《怀念八十年代》
十年砍柴　《历史的倒影》
傅国涌　《无语江山有人物》
来新夏　《邃谷四说》
陈行之　《灵魂是不能被遮蔽的事物》

## 第三辑

许纪霖　《小时代中的理想主义》
马　勇　《晚清笔记》
鄢烈山　《江山如有待》
*陈徒手　《过眼滔滔云共雾》
*王奇生　《未名湖随笔》
*何怀宏　《趣味横生的时光》
*葛剑雄　《京华识小》
*张梦阳　《沉思与游走》
*胡文辉　《拜金集》
*李建军　《不成样子的扯淡》

*待出